U0164045

歷代啟蒙教材初探

林文寶／著

目　錄

附 錄

自序

個人於去年（八十二年八月）兼本校初等教育研究所籌備主任一職，籌畫有關所務事宜。本校由於地處東隅，地利已失，更無天時可言，一切成敗，端賴人和。於是籌畫期間，除廣納建言，博採衆議外，並召開過九次籌備會，以及一次對外的公聽會，而後逐漸確立規模。進而認定設所目的：「本所從事之研究及教學工作，以本乎人性，關懷社會，立足本土，放眼天下，發展理論，落實教學爲基本原則，其目的在提昇初等教育專業學術研究之素質，增進初等教育實務工作之成效，並促進初等教育之發展與革新。」且課程安排，除共同必修、研究方法羣、獨立研究外，又有學科教學羣與教育理論羣之分設。於是乎本所的課程安排已和其他院校研究所有所不同，亦即是已發展出自身的特色。

在共同必修課程中有「中國初等教育重要文獻選讀」一科，今年由個人講授。個人認爲有關我國傳統初等教育（或稱之爲啓蒙教育）之研究，可從教材、家訓、論述（文

集中）與學規等方面入手。但由於這門學科初設，有關這方面的系統資料不多，且個人能力有限，只能提供下列之書籍作爲主要的參考用書：

小學集解．四書集注　楊家駱主編　世界書局增訂中國學術名著第一輯「朱子小學及四書五經讀本」第一冊

五種遺規　陳弘謀著　中華書局四部備要本

中國哲學的特質　牟宗三著　台灣學生書局　63．10臺初版

中國古代教育文選　孟憲承編　五南圖書公司　78．9

其中，以「中國古代教育文選」一書爲主要講授用書，並兼述拙著「歷代啓蒙教育地位之研究」、「歷代啓蒙教材初探」二文

追憶研究古代啓蒙教育，其緣起是六十九年五、六月間，因撰寫「兒童詩歌研究」一文，其中有「歷代韻文教材簡史」一小節，由此接觸到傳統的學塾教育，也因此激起進一步探索的欲望。浸沈其間有三年之久，並完成「歷代啓蒙教育地位之研究」、「歷代啓蒙教材初探」兩篇。後來，逐漸有學者參與古代啓蒙書的編注，其中較爲有名者，就記憶所及，有郭立誠、馮作民、李牧華、陳則明等人。

郭立誠編有「小四書」（七十二年七月）、「小兒語」（七十四年二月）兩書，皆由號角出版社印行。馮作民爲東進文化事業公司編譯了一套「教養叢書」（或稱「處世座右銘」，計收十四種，七十六年九月印行）。至於李牧華、陳則明等人則爲世紀書局編譯了一套「中國文化基本叢書」（計收十種，約於七十三年左右出版）。這些經過註譯的啓蒙書，給人耳目一新，一掃坊間舊有啓蒙書印刷粗劣的現象。

其後，個人由於學養不足，再加上文獻搜集不易，有關傳統啓蒙教育的研究，只有關心而未再繼續鑽研。

其實，傳統啓蒙教材，在臺灣地區亦曾熱鬧過。七十八年十月「國文天地」第五卷第五期（總期數五十三）有「公開徵答」啓事：

「天子重英豪，文章教爾曹；萬般皆下品，惟有讀書高。……」出於宋人汪洙的「神童詩」，而「神童詩」的全文如何？見於何書？（頁72）

公開徵求啓事後，於「國文天地」五十五、五十六、五十七等三期都有了回響。其中五十五期是屬於文獻的探討；五十六期，五十七期則有實際的收穫，今將其有關編輯部案語與讀者回響轉錄如下：

五十六期編輯部案語云：

「神童詩」終於千呼萬喚始出來。十二月八日編輯部收到來自苗栗林瑞麒先生的稿件，黃色的牛皮紙袋中赫然是我們尋覓多時的「神童詩」影本。

經過聯繫林先生，這本「神童詩」的由來是這樣的：「這本『神童詩』是家父幼年在苗栗文昌廟私塾讀書所用的課本，距今約五、六十年，原書除了『神童詩』，還包括『三字經』、『論語』、『孝經』等，各書均獨立，分別由不同書局刊刻，如『神童書』是由『鑄記書局』刊刻的石印本、『繪圖孝經讀本』由上海廣益書局刊刻，可能是私塾為了教學便利，而將各種童蒙的書用線穿起來，合為一輯。」透過林先生的談話，「神童詩」的內容、用途已清楚的昭示。

林先生的尊翁是土生土長的臺灣人，生當日據時代，卻能經由塾師接受中國最傳統的啟蒙教育，這本「神童詩」署名「中華民國十一年孟冬下浣，古鹽孫志翔書」，係大陸刊行，而非臺灣刊刻。以上是發現「神童詩」的大致情況，茲將林先生來信及「神童詩」全文照刊，以饗讀者，並感謝林先生的熱心襄助。

此外，臺南讀者盧寄蓉亦寄來「神童詩」影本，在此一併致謝。

讀者書函：

編輯先生惠鑒：

附上「繪圖神童詩」影本如後。

此乃家父幼時習用者，余多年前亦偶加翻閱，不讀久矣。貴刊五十三期公開徵答後，余以為必有甚多讀者提供，不意五十五期「國文天地」中，竟仍未見全文，深為訝異。

家父今年七十歲，余亦逾知命之年，昔年童蒙所習，而今島內難覓，思及不禁長嘆。敬頌

編安

讀者・林瑞麒

五十七期編輯部案語云：

五十六期本刊公開林瑞麒先生提供的「神童詩」後，編輯部又陸續收到臺北縣林世澤先生、臺東市黃學堂先生所提供的資料，其中林先生提供的「神童詩」，是由上海昌文書局印行，內容及附圖均與上期公開的相似；黃先生提供的「神童詩」在內容篇幅、附圖及詩句順序方面則有顯著的不同，因此，本刊決定再次提供讀者們「神童詩」的另種版本，並向熱心的讀者們致謝。

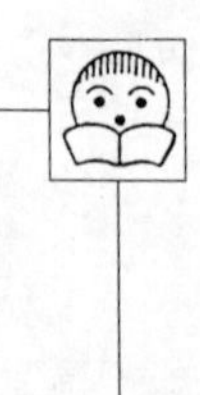

讀者書函：

在偶然中，於家藏的故紙堆找到了「神童詩」，徹夜細加比對，綴補成編，讀書之樂，莫過於此。經過是這樣的：

月前，家大人辭世，予整理篋中故籍，有訓蒙讀物及抄本數種，「神童詩」即印於「千家詩」每頁的書眉上。此乃家父在民國三年（大正三年，一九一四年）課讀於「新竹州中壢郡觀音莊上大堀」的「參贊書局」中所用者。嗣因輾轉遷居至花蓮縣富里鄉，故是書如今在此三家村中得之。

該書首頁題「新刻千家詩詩選上卷」、「集新堂藏板」，係木刻印刷，唯前面以硃筆手抄的兩葉補之。版框為 11×17.8 公分，每頁書眉有畫一幅，左右各有五言詩二句，共四句，內容即「神童詩」也。全書凡二十三卷，每葉八句，共一八四句。

查此「千家詩」與一般常見者稍有不同，全是七言詩，未見有五言者，插畫亦別具一格。又此書題為「上卷」，未知是否另有「下卷」，且就該詩末句看來，詞意似猶未盡，或許本詩尚有下文，亦未可知。

按：據「通俗編」謂：「千家詩」最早由宋代劉克莊編選時，均為七絕、七律。今市面上所見五、七言皆有，蓋後人所增刪之耳。欲尋「神童詩」，清末民初所刊行的「千家詩」或多有之。

臺東讀者．黃學堂

從上述引錄中得知，在臺灣地區「神童詩」仍有版本與內容的不同。一般說來，傳統啓蒙教材，都是粗劣紙張印刷的「坊本」；年代近的則是「石印本」或「鉛印本」，大多數都沒有作者的姓名，也沒有序跋，因此不易查出成書的年代和作者的身世。

反觀大陸地區，由於對傳統啓蒙教材的重視，曾將中國傳統訓誨勸戒資料做一番系統的清理和總結。因此，目前所見大陸地區的「神童詩」，就以「中國古代童蒙讀物大全」（依然、晉才編，一九九〇年十二月，中國廣播電視出版社）、「白話蒙學精選」（汪茂和、蔡翔主編，一九九一年十一月，知識出版社）、「蒙學輯要」（徐梓、王雪梅編，一九九二年三月，山西教育出版社）等三書爲例，其間除「中國古代童蒙讀物大全」附有「神童詩卷首詩」二十八首外，其內容與詩句順序皆相同。當然，這是整理的結果，至於書影、整理過程皆未能得知，不能不說是件憾事。我們知道古代啓蒙教材，由於各書局刊印的時候沒有統一的標準可以依據，再加上地區性的差異，是以在刊印上皆屬因陋就簡，錯訛頗多。其實，就以「神童詩」而言，是否還有其他各種不同的版本，亦頗值得我們注意。胡適在「四十自述」一書裡曾追憶自己的啓蒙過程，其中所提

到的「神童詩」，顯然就與上述臺、海兩地所見文獻有別，其文云：

我雖不曾讀「三字經」等書，卻因聽慣了別的小孩高聲誦讀，我也能背這些書的一部分，尤其是那五、七言的「神童詩」，我差不多能從頭背到底。這本書後面的七言句子，如：

人心曲曲灣灣水，

世事重重疊疊山。

我當時雖不懂得其中的意義，卻常常嘴上愛念著玩，大概也是因為喜歡那些重字雙聲的緣故。（見七十五年六月遠流版「胡適作品集」，冊一，頁20）

在臺灣地區有關傳統啓蒙教育的研究，在教育研究裡顯然仍是屬於冷僻的領域；就個別教材而言，「唐詩三百首」是惟一的例外。但是仍然有學者願意爲傳統啓蒙書做較爲嚴謹的註譯或研究，如：

敦煌兒童文學　雷僑雲著　臺灣學生書局　74．9

敦煌寫本太公家教研究　周鳳五著　明文書局　75．5

新譯千家詩　邱燮友、劉正浩註譯　三民書局　80．10
新譯三字經　黃沛榮註譯　三民書局　81．5

從研究啓蒙教育到研究所授課，倏忽十年已過。由於研究所的授課，使我了解傳統啓蒙教育的研究仍是被忽略。如何摒除殖民文化，以及如何界定自己的本土文化，强調傳統文化的契機及其不同之處，似乎是刻不容緩的課題。於是有了出版拙著與再度深入探討傳統啓蒙教育的念頭。當然，本書能結集出版，自當感謝校方對學術研究的支持；以及本系何三本主任的美意，再度慨允列爲本系語文叢書第七種。除外，更當感謝研究所同學的良好互動。

本書雖以「歷代啓蒙教材初探」爲題，但仍兼收有關文章，是以有附錄三文，茲列各篇發表刊物與期數如下：

歷代啟蒙教育地位之研究　「台東師專學報」第10期，頁227～254　71．4。
歷代啟蒙教材初探　「台東師專學報」第11期，頁1～112　72．4。
通古才足以變今——傳統啟蒙教育鳥瞰　「國文天地」總期數64期，頁12～15　79．9。

關於「蒙求」 同上，頁10。

又「我國歷代啓蒙教材初探」一文，曾獲國科會七十二學年度研究獎助，並此致謝。

壹　前言

我國歷代私家教學頗爲發達，且其效率更較官學爲大。這種情形，直至新式學校制度產生，私家教學的勢力始漸磨滅。

所謂私家教學，自蒙學至專門，皆有人設立。因此學塾的程度範圍極廣，自五、六歲初蒙，以至二十歲左右讀完了四書，經學做八股，都可以由學塾去教。所以學塾中的學生，年齡有時自五、六歲直至十五、六歲的都有。那專教蒙童的稱爲蒙館，專教大學生的稱爲經館。

這種學塾的歷史，或謂始自漢朝，而且一直沒有多大變化，這是我國歷代唯一的基本學校，而私塾教師也是讀書人做官以外唯一的出路。

本文所謂的啓蒙教材，是指蒙館教材而言。蒙館，或稱村塾，這裡的學生大部份讀完孝經、論語之後，即不再讀書，而從事各種職業，也就是說這種人祇想識字、寫字而不應舉。一般說來，他們皆以識字、習字、倫理爲主。在宋朝以後，雖然受了理學家的影響，無論在教材與教法方面都有了變化，但仍然是以識字、習字、倫理爲主。有關蒙館的記載，正史不多，散見於筆記或個人文集中。至目前爲止，似乎仍缺少系統的整理。其間個人曾企求於當代先進有關啓蒙記載，又皆語焉不詳；其中以專論而言，首推齊如山的「學館」一文（見六十八年十一月聯經版「齊如山全集」册九「中國科名」附錄三，頁5140～5159）最爲詳細。至於傳記而言，則以胡適「四十自述」較爲詳盡，試引錄如下：

我在臺灣時，大病了半年，故身體很弱。回到家鄉時，我號稱五歲了，還不能跨一個七、八寸高的門檻。但我母親望我念書的心很切，故到家的時候，我才滿三歲零幾個月，就在我四叔父介如先生（名玠）的學堂裡讀書了。我的身體太小，他們抱我坐在一隻高凳子上面。我坐上了就爬不下來，還要別人抱下來。但我在學堂裡並不算最低級的學生，因為我進學堂之前已認得近一千字了。

因為我的程度不算「破蒙」的學生，故我不須念「三字經」、「千字文」、「百家姓」、「神童詩」一類的書。我念的第一部書是我父親自己編的一部四言韻文，叫做「學為人詩」，他親筆鈔寫了給我的。這部書說的是做人的道理，我把開頭幾行鈔在這裡：

為人之道，在率其性。
子臣弟友，循理之正；
謹乎庸言，勉乎庸行；
以學為人，以期作聖。……

以下分說五倫。最後三節，因為可以代表我父親的思想，我也鈔在這裡：

五常之中，不幸有變，
名分攸關，不容稍紊。
義之所在，身可以殉。
求仁得仁，無所尤怨。
古之學者，察於人倫，
因親及親，九族克敦；
因愛推愛，萬物同仁。
能盡其性，斯為聖人。
經籍所載，師儒所述，
為人之道，非有他術：
窮理致知，返躬踐實，

黽勉於學，守道勿失。

我念的第二部書也是我父親編的一部四言韻文，名叫「原學」，是一部略述哲理的書。這兩部書雖是韻文，先生仍講不了，我也懂不了。

我念的第三部書叫做「律詩六鈔」，我不記是誰選的了。三十多年來，我不曾重見這部書，故沒有機會考出此書的編者；依我的猜測，似是姚鼐的選本，但我不敢堅持此說。這一冊詩全是律詩，我讀了雖不懂得，卻背得很熟，至今回憶，卻完全不記得了。

我雖不曾讀「三字經」等書，卻因聽慣了別的小孩高聲誦讀，我也能背這些書的一部分，尤其是那五、七言的「神童詩」，我差不多能從頭背到底。這本書後面的七言句子，如：

人心曲曲灣灣水，

世事重重疊疊山。

我當時雖不懂得其中的意義，卻常常嘴上愛念著玩，大概也是因為喜歡那些重字雙聲的緣故。

我念的第四部書以下，除了「詩經」，就都是散文了。我依誦讀的次序，把這些書名寫在下面：

(4)孝經

(5)朱子的小學，江永集註本。

(6)論語。以下四書皆用朱子註本。

(7)孟子

(8)大學與中庸。（四書皆連註文讀。）

(9)詩經，朱子集傳本。（註文讀一部分。）

(10)書經，蔡沈註本。（以下三書不讀註文。）

(11)易經，朱子本義本。

(12)禮記，陳澔註本。（見遠東版「四十自述」，頁20～23）

從胡適的自述裡，可見所謂的啓蒙教材，有時亦因人因時因地而有不同，以下試就各種「中國教育史」中，論及小學教育者引錄如下：

(1)**中國教育史** 陳東原著 二十五年七月商務印書館出版、六十五年九月臺三版

第五章 漢代私家教學

一、漢代之蒙學

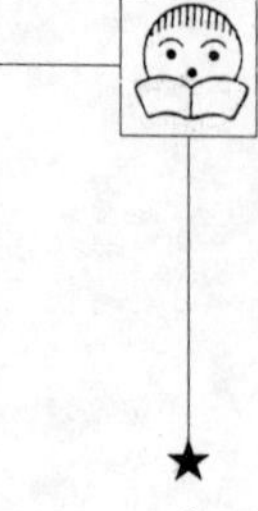

二、漢代小學之字書

三、進而讀孝經、論語

四、進習經書與私家教授之盛

五、漢代教學狀況（頁61～74）

第二十章　宋、元之實際教育

一、宋、元小學狀況

二、宋、元學塾之教材

三、理學家之教學法（頁310～326）

第二十五章　私塾及其教學

一、私塾之程度與性質

二、私塾之教學與訓育

三、私塾中之生活

四、王筠之小學教育見解（頁425～443）

(2)**中國教育思想史**　任時先著　二十五年十二月商務印書館出版、六十一年四月臺四版

第九章　宋、元、明的教育思想

第八節　宋、元、明的兒童教育

一、兒童教育的理論
二、兒童教育的狀況
三、兒童教育的教材（頁229～234）

(3)**中國教育史**　王鳳喈編著　三十四年四月在渝初版、六十五年五月臺十四版、正中書局印行

第八章　隋、唐、宋、元、明、清之教育
第三節　民間教育（頁162～165）

(4)**中國教育史**　陳青之著　六十七年八月在臺六版、商務印書館印行。

第二十三章　宋代教育制度及其實況
第六節　貴冑學校及國立小學
一、貴冑學校
二、國立小學
第七節　地方學校（頁224～227）
第三十三章　中明教育家及其學說
第四節　王陽明
七、兒童教育論（頁424～425）

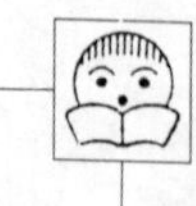

第三十八章　清代教育家及其學說(一)

第五節　陸桴亭

三、小學教育（頁499～502）

第六節　陸稼書

三、兒童教育之重要（頁507～508）

(5)**中國教育史（上、中、下）**　余書麟著　五十年出齊　師大出版

第四編　秦、漢、魏、晉、南北朝的教育

第二章　第三節　兩漢的教育制度

四、私校的教科書（頁306～308）

第六編　宋、元、明的教育

第六章　第三節　元代的學校教育

參　民間學校（頁721）

第九章　第四節　王守仁的教育思想

參　兒童教育論（頁809～810）

(6)**中國教育史**　胡美琦著　六十七年七月初版　三民書局印行

第三篇　第四章　郡國學及民間學的情況

第二節　農村民間學（頁167～169）

以上各書中，以陳東原所論最爲詳盡，至於專論啓蒙教材者以吳鼎「國民教育」（國立編譯館出版，六十三年七月初版）第七章第二節「我國國民中小學教材的演進」較爲詳盡。除外，又有蘇尙耀先生亦致力於古代兒童讀物的探討，蘇尙耀先生所探討文章都發表於「國語日報・兒童文學版」，試錄如下：

我國最古的兒童讀物　蘇樺　251期　66、2、6
古代兒童讀物的新紀元　蘇樺　260期　66、4、17
太公家教　蘇樺　270期　66、6、26
呂氏父子的「小兒語」　蘇樺　272期　66、7、10
「啟蒙記」和「開蒙要訓」蘇樺　277期　66、8、14
「千字文」種種　蘇樺　281期　66、9、11
漫談「千家詩」　蘇樺　285期　66、10、9
「千字文」補談　蘇樺　290期　66、11、13
平心談「二十四孝」　蘇樺　346期　67、12、10

郭居敬與「二十四孝」　蘇樺　347期　67、12、17

「二十四孝」故事探源（上、中、下）　蘇樺　351、352、354期　68、1、14；68、1、21；68、2、11

敦煌石窟的兩種兒童讀物（一、二）　蘇樺　478、479期　70、7、12；70、7、19

清光緒三十一年（西元一九〇五年）決定「停科舉、興學校」，所謂興學校，即指推行新式教育而言。當時，就兒童教育而言，雖然學堂設立，而應用課本卻不足供給，齊鐵恨先生有篇「清末民初的兒童讀物」一文，曾記載初設學堂時期的教材情形，試引錄如下：

清朝光緒年間，初設學堂的時候兒，應用課本，不足供給，所謂「蒙學課本」，最初只有國文和修身，以後才有算術和格致，歷史和地理。及分「兩等小學」，初等小學，於國文科本之外，仍讀論語、孟子、禮記節本及史鑑節要。高等小學，則讀「詩義折中」及「周義折中」；外加「解字」，則用上海澄衷學堂的「字課圖說」；歷史則講「普通新歷史」及「支那通史」（日本那珂通世編的）；地理有「中國地理課本」及「世界地理課本」；算術，最初用「算學筆談」，後用「筆算數學」。或因課本難得，或因師資缺乏，用書雜亂，程度不齊，談不到什麼「兒童讀物」，因為都是用文言編印的，課本上所印的：「先生講，學生聽。」如果先生不講，學生是看不懂的；哪像現在的兒童，都能自動的閱讀書報呢？即以國文課本來講：最初上海文明書局編印的四冊，起首是：「天地日月山水」；接著是：「花草樹木梅柳」；這不過是教學識字而已。以後逐漸程度加增，而由簡短的故事、寓言，以及短篇文章，內容還好。繼文明書局而興的有上海商務印書館，所出國文課本，則由「天地日月」起頭，課文比較略短一些。在北方則有直隸官書局印行的課本，課文起始於「尚公、尚武、尚實」，而所印插圖裡的學生，則依照時代寫實，都在腦後夲拉著一條辮子。（見小學生版「兒童讀物研究」，第一輯，頁193～194）。

我們知道，近代中國教育演變之大，可說空前所未有。就演變的趨勢說，則由傳統教育演變為現代教育；就演變的歷程說，則近代中國教育因受外國侵略與國內改革的影響，不得不隨時改進，以求其現代化。因此時間雖僅是百年左右，而初設學堂時間的兒童教材，對今日的人來說，卻是遙遠不可及。至於傳統時期的兒童教育，現代人更不屑一顧。我曾收集目前市面上所能看到的啓蒙教材，大都是作者不詳，版本與印刷皆屬低劣。傳統的啓蒙教材，他曾是我們民族的乳汁，棄之不顧，能不慘然？歷代的啓蒙教育缺乏被認同的地位。

考近代圖書館學對傳統啓蒙等兒童圖書的處理，大都歸屬於啓蒙類，如：

「書目答問」附一別錄總目有童蒙幼學各書

國立中央圖書館「善本書目」（冊一）（五十六年十二月增訂本）小學類有啟蒙之屬。

「百部叢書集成」分類目錄卷三子部儒學類禮教之屬有「蒙學」目。

考我國歷代啓蒙之書，最早見存於小學類，而「永樂大典」目錄卷八十九「蒙」字有「童蒙須知」、「童蒙詩詞」、「蒙訓」等部分，而其內容已不存（案「永樂大典」五百四十一卷以前皆佚），是以所謂「童蒙須知」「童蒙詩詞」「蒙訓」到底如何，未得而知。至「四庫全書」時，始將啓蒙書歸屬於儒家、類書等類。「四庫全書總目提要」卷四十、經部四十、小學類一：

古小學所教不過六書之類，故漢志以弟子職附孝經；而史籀等十家四十五篇，列為小學。隋志增以金石刻文，唐志增以書法書品，已非初旨。自朱子作小學以配大學，趙希弁讀書附志，遂以弟子職之類，併入小學；又以蒙求之類，相參並列，而小學益多歧矣。考訂源流，惟漢志根據經義，要為近古。今以論幼儀者，則入儒家；以論筆法者，別入雜藝；以蒙求之屬隸故事，以便記誦者，別入類書。惟以爾雅以下編為訓詁，說文以下編為字書，廣韻以下編為韻書，庶體例謹嚴，不失古義。其有兼舉兩家者，則各以所重為主（如李燾「說文五音韻譜」實字書；袁子讓「字學元元」實論等韻——之類），悉條其得失，具於本篇。

（見商務版合印「四庫全書總目提要」，冊一，頁832）

申言之，雖然歷代的「藝文志」、「經籍志」，或是私家的書目著作，或多或少都收有幼教啓蒙書，但我們卻發現這些登堂入室的書目只是見存而已，或許有幸收錄於「四庫全書」裡，而事實上並不爲民間塾師所採用，而民間所採用的絕大部份是作者不詳。由此可知，登堂入室的啓蒙書目，是代表著知識分子的一種教育理想，事實上這種理想的書目，一直不能在民間流行。因此，欲探討流行於民間的啓蒙教材，祇能禮失求諸野，而求諸野的歷程，可說辛苦之至，其間欣慰的是時常來自於偶得蛛絲資料。

本論文寫作的目的，是想爲歷代啓蒙教材留下較爲詳實的資料，以做進一步研究的參考；因此以流行於民間的啓蒙教材爲經，而輔以登堂入室的書目爲緯。至於教材的分期，則取自吳鼎先生的朝代分期（見正中版「國民教育」第七章第二節）。

最後擬對本文的寫作緣由作一說明：六十九年五、六月間，因撰寫「兒童詩歌研究」一文（見「臺東師專學報」第九期），其中有「歷代韻文教材的簡史」一小節，由此接觸到傳統的學塾教育，也因此激起我更進一步探索的欲望。至今不覺中已有三年之久（七十二年），祇是勉强的完成了「歷代啓蒙教育地位之研究」（見「臺東師專學報」第十期）與本文。其間雖有宏大的企圖，可惜因學養不足，再加上資料來源不易，有關傳統的學塾教育研究，或許祇好就此暫時歇手。

又本文初稿完成時，曾見有文化大學七十學年度碩士論文「敦煌兒童文學研究」，作者雷僑雲君。於是托人影印，並得以補足有關「開蒙要訓」的疑問。案「開蒙要訓」一書，不見正式記載，個人僅見羅雪堂先生全集三編第九册頁3316～3317有收錄殘文；及蘇尚耀先生「啓蒙記和開蒙要訓」一文，但二者皆語焉不詳；而敦煌資料索求不易，幾乎欲棄置不顧，及見雷僑雲君著作，非但補足「開蒙要訓」的疑問，並且提供了許多有關敦煌古籍中的啓蒙教材。因此有關「開蒙要訓」部分的敍述，皆取自雷僑雲君著作，未敢掠美，特附記於此。

貳　漢唐時代的啓蒙教材

虞、夏、商三代的國民教材，考其內容，是以倫理爲主，其次爲音樂。至西周，文化較前發達，社會亦較前進步，對於國民教育亦更爲重視（考「禮記・曲禮篇」中有幼儀之記載，但「曲禮」當是戰國與西漢宣帝之間的作品），但當時紙張與印刷尚未發明，文字是大篆，書寫異常困難，想都是由教師參照當時習用的教材來教導的，其中除書、數外，似乎用不到文字的教材，是以我們從漢朝說起。

武帝初即位，徵天下方正賢良文學材力之士，東方朔上書說：

臣朔少失父母，長養兄嫂。年十三學書，三冬，文史足用。……（見鼎文版「漢書」卷六十五「東方朔傳」，冊四，頁2841）

「漢書補注」云：

文者，各書之體。史者，史籀所作世之通俗文字，諷誦在口者也。足用者，言足用以應試。藝文志太史試學童，能諷書九千字以上，乃得為史，又以六體試之。說文序諷書作諷籀書。據此各體之文與所諷之史並試，皆學童習以待用者也。（見藝文版二十五史本「漢書補注」，冊二，頁1294）

以上所說主要是指考試而言，至於西漢初年私塾教育狀況史無明文。「後漢書・承宮傳」：

（承宮）少孤，年八歲，為人牧豕。鄉里徐子盛者，以春秋經授諸生數百人。宮過息廬下，樂其業，因就聽經，遂請留門下。（見鼎文版，冊二，頁944）

又「後漢書・光武本紀」：

而「集解」云：

光武年九歲而孤，養於叔父良。（藝文版「後漢書集解」，冊一，頁37）

惠棟曰：「東觀記：年九歲而南頓君卒，隨叔父在蕭。入小學。」棟案宗室四王傳：良，平帝時為蕭令。（見藝文版二十五史本「後漢書・集解」，冊一，頁37）

以上兩者或可爲漢末有小學之證；至於記載漢代私塾最詳盡者，自以王充「論衡・自紀」：

建武三年充生。為小兒，與儕倫遨戲，不好狎侮。儕倫好掩雀捕蟬，戲錢林熙，充獨不肯。誦（充父）奇之，六歲教書，恭愿仁順，禮敬具備，矜莊寂寥，有臣人之志。父未嘗笞，母未嘗非，閭里未嘗讓。八歲出於書館。書館小僮，百人以上，皆以過失袒謫，或以書醜得鞭。充書日進，又無過失。手書既成，辭師受「論語」、「尚書」。日諷「千字」。經明德就，謝師而專門，援筆而眾奇。所讀文書，日益博多。（見中國子學名著集成編印基金會本「論衡」，下冊，頁1234～1235）

案漢代塾館學生，或收八、九歲到十五歲不等，而主要的功課是識字、寫字。十五歲以

後開始讀經。「漢書．藝文志」收史籀十五篇、八體六技八篇、蒼頡篇一篇、凡將一篇、急就一篇、元尚一篇、訓纂一篇、別字十三篇、蒼頡傳一篇、揚雄蒼頡訓纂一篇、杜林蒼頡訓纂一篇、杜林蒼頡故一篇。計十家四十五篇。並說明如下：

易曰：「上古結繩以治，後世聖人易之以書契，百官以治，萬民以察，蓋取諸夬。」「夬，揚於王庭」，言其宣揚於王者朝廷，其用最大也。古者八歲入小學，故周官保氏掌養國子，教之六書，謂象形、象事、象意、象聲、轉注、假借，造字之本也。漢興，蕭何草律，亦著其法，曰：「太史試學童，能諷書九千字以上，乃得為史。又以六體試之，課最者以為尚書御史史書令史。吏民上書，字或不正，輒舉劾。」六體者，古文、奇字、篆書、隸書、繆篆、蟲書，皆所以通知古今文字，摹印章，書幡信也。古制，書必同文，不知則闕，問諸故老，至於衰世，是非無正，人用其私。故孔子曰：「吾猶及，史之闕文也，今亡矣夫！」蓋傷其寖不正。史籀篇者，周時史官教學童書也，與孔氏壁中古文異體。蒼頡七章者，秦丞相李斯所作也；爰歷六章者，車府令趙高所作也；博學七章者，太史令胡母敬所作也：文字多取史籀篇，而篆體復頗異，所謂秦篆者也。是時始造隸書矣，起於官獄多事，苟趨省易施之於徒隸也。漢興，閭里書師合蒼頡、爰歷、博學三篇，斷六十字以為一章，凡五十五章，并為蒼頡篇。武帝時司馬相如作凡將篇，無復字。元帝時黃門令史游作急就篇，成帝時將作大匠李長作元尚篇，皆蒼頡中正字也。凡將則頗有出矣。至元始中，徵天下通小學者以百數，各令記字於庭中。揚雄取其有用者以作訓纂篇，順續蒼頡，又易蒼頡中重複之字，凡八十九章。

臣復續揚雄作十三章，凡一百二章，無復字，六藝羣書所載略備矣，蒼頡多古字，俗師失其讀，宣帝時徵齊人能正讀者，張敞從受之，傳至外孫之子杜林，為作訓故，並列焉。（見鼎文版「漢書」，冊二，頁1720～1721）

史籀十五篇，爲周時史官教學童書；至秦李斯作「蒼頡篇」；趙高作「爰歷篇」，胡母敬作「博學篇」，均爲「字書」。漢初，閭里之師合併蒼頡、爰歷、博學爲「蒼頡篇」。其後揚雄作「訓纂篇」，易蒼頡中重複文字，計八十九章，五千三百四十字。而後班固繼揚雄之後作十三章共七千一百八十字，字無重複。東漢和帝時，賈魴作「滂熹篇」。後人遂以「蒼頡」爲上卷，揚雄之「訓纂」爲中卷，賈魴之「滂熹」爲下卷，稱爲三蒼，或總稱之爲三蒼。以上所述之書皆屬漢代國民教育的認字教材，可惜該書久已失傳。英人斯坦因（A. Stein）於清道光三十四年，在敦煌洞窖裡得漢晉木簡千餘種以歸，法國沙畹博士（Chavanes）為之考釋，五年後冬在倫敦出版，未出版前，沙氏即以手校本寄羅振玉，羅振玉請王國維考訂，印成流沙墜簡三冊，其中有「蒼頡篇」四簡：

一、竹簡、隸書

游敖周章、黚黶黯黮、黤黝黭黮、黔黤赫赧、儵赤白黃

二、木簡、隸書

走走病狂、疵疕灾疾（下闕）

三、木簡、隸書

貍獭齀（下闕）

四、木簡、隸書

（上闕）寸薄厚廣狹好醜長短（見文華版「王觀堂先生合集」，冊七，頁2463～2464）

王國維「重輯蒼頡篇」（見文華版「王觀堂先生全集」，冊七）除流沙墜簡四簡外，另有成句者如下：

小學術數方技書考釋　　　　流沙墜簡一

往聞伯希和君言斯坦因博士所得古簡中有字書麻書占書醫方意其中或尚有古佚書乃今詳檢諸簡則僅得蒼頡急就力牧麻諸算術陰陽書占書相馬經獸醫方諸書而已始悟屯戍所用得此已足故不復有他籍也凡此諸書不出班志小學術數方技三類中因顏之曰小學術數方技書昔汲冢書有瑣語十一篇紀諸國卜夢妖怪相書此編所輯亦瑣語之類既隨文加釋並將考證所得著於篇甲寅正月

上虞羅振玉

小學類

蒼頡 竹簡出敦十一長二百二十九米里邁當廣十米里邁當

游敖周章點黶黯䵳黝黭黤黚赫赧儵赤白黃

又木簡出敦十七長四十五米里邁當廣十米里邁當

去走病狂瘋死突疾缺下

又木簡出敦二十長一百二十五米里邁當廣十一米里邁當

貍獺貂豰缺下

又木簡出敦十二甲長二百五米里邁當廣十五米里邁當

▶蒼頡篇（見文華版「羅雪堂先生全集•續編」，冊7，頁2793）

幼力承詔（「說文解字」序）

考妣延年（「爾雅．釋親注）

漢兼天下，海內並廁，豨黥韓覆，叛討殘滅（「顏氏家訓．書證篇」殘滅，原作「滅殘」）（同上，頁2464）

至於「蒼頡篇」之體例，王國維在「重輯蒼頡篇」的敍錄裡說：

蒼頡三篇，皆四字為句，二句一韻。由近世敦煌所出隸書殘簡足以證之。乃或信吾邱衍野說，謂蒼頡十五篇即說文部目五百四十字，遂盡取以入錄，不知以字形分部，乃刱自許君，其部首諸字固非通行之字，蒼頡無緣收之。（同上，頁2460～2461）

蒼頡、說文體例之不同，是緣於作用不同所致。王國維在「重輯蒼頡篇」序裡說：

夫古字書存於今日者，在漢惟「急就」、「說文解字」；在六朝惟「千字文」與「玉篇」耳。此四種中，「說文」與「玉篇」說字形者為一類；「急就」、「千文」便諷誦者又為一類。蒼頡一書據劉子政、班孟堅、許叔重所說，與近出之敦煌殘簡，其與「急就」、「千文」為類；而不與「說文」、「玉篇」為類審矣。（冊七，頁2453）

漢朝尚有一種以七字及三字爲句的字書，亦取叶韻易讀。創始於司馬相如的「凡將篇」。「凡將篇」作於漢武帝時，其後元帝時黃門令史游仿「凡將篇」作「急就篇」。今「凡將」已佚，而「急就篇」則流傳至今，有古逸叢書仿唐石經體寫本及王應麟玉海補注本。其書據「顏師古注」，本爲三十二章，宋太宗定本則爲三十四章。王應麟以爲最後「齊國」、「山陽」二章，並係後漢人所續。每章六十三字，原來三十二章，應爲二千零十六字。其以六十三字爲一章，是爲竹簡或木柏書寫方便之故。柏爲三面，每面一行，每行二十一字。三面俱書，故得六十三字爲一章；然亦有僅書兩面，則每行三十二字。第一行爲滿行，第二行則空末一字，得六十三字。用竹簡或木簡寫，亦如木柏兩行例。

「漢書．藝文志」所列小學書，凡十家四十五篇，傳到今日卻只有史游的「急就篇」。而「急就篇」之所以能碩果僅存，傳流不絕，並非由於它的內容，也不是因爲它是古字書，而是因爲後世喜愛它的書法神妙，將它和米芾「十七帖」、王羲之「蘭亭

序」等同等對待，當作草書的法帖，才被保留下來，成爲字書的瑰寶，而得借以窺知秦漢字書的體例。

孫星衍「急就篇考異」一卷「自序」云：

急就章，漢史游所作，蓋章草之權輿，其文比篆、隸為流速，故名急就。草書之始，蓋出於篆，或以謂解散隸體麄書之，非也，歷代傳摹急就，漢有張芝、崔瑗；魏有鍾繇；吳有皇象；晉有衛夫人、王羲之；後魏有崔浩；唐有陸柬之，時人又多臨本；宋有太宗御書，黃庭堅、李仁甫、朱文公皆有刻本；元有鄧文原；明有仲溫、俞和。注之者有後漢曹壽、魏劉芳、周豆盧氏、齊顏之推。今所見法帖，有紹聖三年勒石本與玉篇所載碑本文字異同皆合，則即王應麟所引碑本也。所存注解惟顏師古及王應麟本，餘無存焉。（據藝文版謝啟昆「小學考」，頁161～162引）

考章草即指最早使用之草書，據說是漢元帝時（西元三十四～四十七年）黃門令史游簡約八分書體用之於章奏文書，故稱「章草」。

「急就篇」乃是一部教授童蒙識字的課本，而書名「急就」是取文首「急就」二字

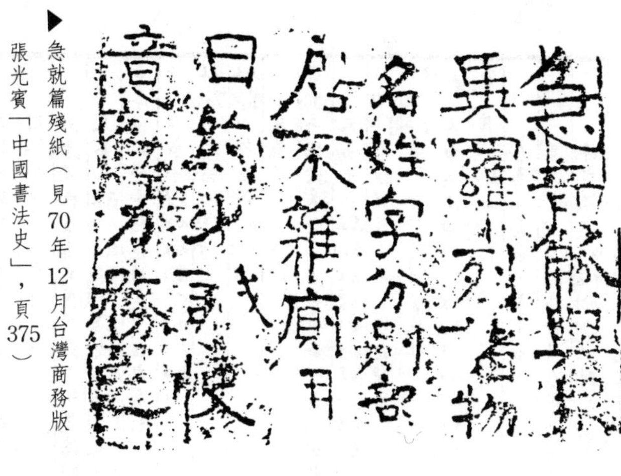

▶急就篇殘紙（見70年12月台灣商務版張光賓「中國書法史」，頁375）

為篇名。其內容是依物分類，非依部首分類。作成韻文，使學童容易誦讀（但其用字頗有重複，組織也極雜亂）。依今世發現漢晋木簡殘紙（見上圖），其中時有「急就篇」的殘文。如敦煌漢簡中的「急就篇」是用隸書，且有分章。史游當時究竟用何種書體所寫很難確定。後來因吳皇象嘗用章草寫過一通而流傳下來，所以晋唐以後的人著書將「急就篇」與章草連結，稱為「急就章」。如王愔「文字志」，張懷瓘「書斷」，都認為「急就章」是解散隸體，趨俗急就遂謂之章草。事實上，史游「急就篇」不一定用章草所書。

史游生平不見於史傳，蘇尚耀先生於「史游急就篇」一文裡，掇拾其生平如下：

急就篇第一（木觚出敦十五甲長三百六十米里邊當後面廣二十九米里　邊當斜削前面上端交角處上書第一兩字兩字中間有穿）

急就奇觚與衆異羅列諸物名姓字分別部居不雜廁

第一

用日約少誠快意勉力務之必有憙請道其章宋延年

鄭子方衛益壽史步昌周千秋趙孺卿爰展世高辟兵

又第二（木簡出敦六兩背尚有急就篇中諸字乃兒童習字所為不錄此　簡沙氏書未記脩廣之數以後凡不記脩廣者皆沙書原缺者也）

董奉德桓賢良任逵時慶中郎由廣（下缺）

又第十（木觚出敦二十此觚似　是四面體但存二面）

（上缺十三字）帬襦（下缺十七字）

（上缺十三字）印角褐（下缺十五字）

又第十二（木簡出敦二十　七僅存其半）

第十二銅鍾鼎鈃鋗匜銚釭鐧鍵鉆冶錮鐈（下缺）

又第十八（木觚出敦二十長一百六十三米里邊當後面廣十五米里　邊當前兩面各廣九米里邊當字在前兩面後面已不可辨）

（上缺二十一字）蓋轄粺輗厄縛棠轡勒鞅韅

（上缺二十一字）猶黑蒼室宅廬舍樓殿堂

又第二十四（木簡出敦十五甲長九十米　里邊當廣十四米里邊當）

壽夭莊（以下泐滅）

右急就篇第一第十第十二第十八第二十四凡五章唯第一章完好餘皆殘斷其存字除篇目外計得全字一百十有九半字一取以校皇象本（趙文敏臨皇　鶴閒刊本）顏師古注本（玉海附刊王　伯厚補注本）則此簡與二本互有得失第一章勉力務之必有憙顏本憙作喜趙孺卿顏本孺作儒（孺為儒之別字漢人書从需之字多別作耎　先廟碑儒作濡景北海碑孺作嬬其證也）皇本則

▶急就篇（見文華版「羅雪堂先生全集・續篇」；冊7，頁2796～2797）

漢史游，史無傳，故其郡里籍貫及生卒年月均無可稽考。元帝時（西元紀元前四十八年至三十三年，在位十六年）在世，為黃門令，總掌禁中之事，實宦官之流也。元帝（名劉奭）多材藝，善史書（據漢書應劭注，史書即周宣王太史史籀所作大篆），在位好用儒生。故當時的史游，得以解散隸體，取「蒼頡篇」中正字，作急就一篇，雜記姓名、諸物、五官等字，以教學童蒙，或因其為草書，可取作日常章奏起草赴急之用，故名。後漢曹壽、魏劉芳、北周豆盧氏、北齊顏之推均曾為之作注（見「唐書・藝文志」）；至唐，復有之推孫「顏師古注」，及宋，王應麟又作補注。今傳世之「急就篇」，有三十一章本（清孫星衍刊行），三十四章本（三十三、三十四，二章為後漢所加，宋太宗曾刻石分賜近臣者），以及收入「觀堂全集」之王國維「校松江本急就篇」最為完備。（見文史哲版「中國文字學叢談」，頁42）

漢代啓蒙教材，除字書外，據「漢書」所載，以「論語」、「孝經」最爲普遍。又「弟子職」一篇，在「漢書・藝文志」是獨立的一篇，並非是「管子」的第五十九篇，至於是否爲啓蒙教材，則未得其詳。除外，班昭的「女誡」，蘇尙耀先生認爲它是我國歷史上第一本標明了給兒童期的讀者看的書。（見「國語日報・兒童文學週刊」第二五一期「我國最古的兒童讀物一文」）而個人認爲它是家訓文學，似乎不是啓蒙教材，以下試引錄「後漢書」第七十四「列女傳」如下：

扶風曹世叔妻者，同郡班彪之女也，名昭，字惠班，一名姬。博學高才。世叔早卒，有節行法度。兄固著「漢書」，其八表及天文志未及竟而卒，和帝詔昭就東觀藏書閣踵而成之。帝數召入宮，令皇后諸貴人師事焉，號曰大家。每有貢獻異物，輒詔大家作賦頌。及鄧太后臨朝，與聞政事。以出入之勤，特封子成關內侯，官至齊相。時「漢書」始出，多未能通者，同郡馬融伏於閣下，從昭受讀，後又詔融兄續繼昭成之。

永初中，太后兄大將軍鄧騭以母憂，上書乞身，太后不欲許，以問昭。昭因上疏曰：「伏惟皇太后陛下，躬盛德之美，隆唐虞之政，闢四門而開四聰，采狂夫之瞽言，納芻蕘之謀慮。妾昭得以愚朽，身當盛明，敢不披露肝膽，以效萬一。妾聞謙讓之風，德莫大焉，故典墳述美，神祇降福。昔夷齊去國，天下服其廉高；太伯違邠，孔子稱為三讓。所以光昭令德，揚名於後者也。論語曰：『能以禮讓為國，於從政乎何有。』由是言之，推讓之誠，其致遠矣。今四舅深執忠孝，引身自退，而以方垂未靜，拒而不許；如後有毫毛加於今日，誠恐推讓之名不可再得。緣見逮及，故敢昧死竭其愚情。自知言不足采，以示蟲螘之赤心。」

太后從而許之，於是騭等各還里第焉。

作女誡七篇，有助內訓。其辭曰：

鄙人愚暗，受性不敏，蒙先君之餘寵，賴母師之典訓。年十有四，執箕箒於曹氏，於今四十餘載矣。戰戰兢兢，常懼黜辱，以增父母之羞，以益中外之累。夙夜劬心，勤不告勞，而今而後，乃知免耳。吾性疏頑，教道無素，恆恐子穀負辱清朝。聖恩橫加，猥賜金紫，實非鄙人庶幾所望也。男能自謀矣，吾不復以為憂也。但傷諸女方當適人，而不漸訓誨，不聞婦禮，懼失容它門，取恥宗族。吾今疾在沈滯，性命無常，念汝曹如此，每用惆悵。閒作「女誡」七章，願諸女各寫一通，庶有補益，裨助汝身。去矣，其勗勉之！

卑弱第一：古者生女三日，臥之牀下，弄之瓦塼，而齋告焉。臥之牀下，明其卑弱，主下人也。弄之瓦塼，明其習勞，主執勤也。齋告先君，明當主繼祭祀也。三者蓋女人之常道，禮法之典教矣。謙讓恭敬，先人後己，有善莫名，有惡莫辭，忍辱含垢，常若畏懼，是謂卑弱下人也。晚寢早作，勿憚夙夜，執務私事，不辭劇易，所作必成，手迹整理，是謂執勤也。正色端操，以事夫主，清靜自守，無好戲笑，絜齊酒食，以供祖宗，是謂繼祭祀也。三者茍備，而患名稱之不聞，黜辱之在身，未之見也。三者苟失之，何名稱之可聞，黜辱之可遠哉！

夫婦第二：夫婦之道，參配陰陽，通達神明，信天地之弘義，人倫之大節也。是以禮貴男女之際，詩著關雎之義。由斯言之，不可不重也。夫不賢，則無以御婦；婦不賢，則無以事夫。夫不御婦，則威儀廢缺；婦不事夫，則義理墮闕。方斯二事，其用一也。察今之君子，徒知妻婦之不可不御，威儀之不可不整，故訓其男，檢以書傳，殊不知夫主之不可不事，禮義之不可不存也。但教男而不教女，不亦蔽於彼此之數乎！禮，八歲始教之書，十五而至於學矣。獨不可依此以為則哉！

敬慎第三：陰陽殊性，男女異行。陽以剛為德，陰以柔為用，男以彊為貴，女以弱為美。故鄙諺有云：「生男如狼，猶恐其尪；生女如鼠，猶恐其虎。」然則修身莫若敬，避彊莫若順。故曰敬順之道，婦人之大禮也。夫敬非它，持久之謂也。夫順非它，寬裕之謂也。持久者，知止足也。寬裕者，尚恭下也。夫婦之好，終身不離。房室周旋，遂生媟黷。媟黷既生，語言過矣。語言既過，縱恣必作。縱恣既作，則侮夫之心生矣。此由於不知止足者也。夫事有曲直，言有是非。直者不能不爭，曲者不能不訟。訟爭既施，則有忿怒之事矣。此由於不尚恭下者也。侮夫不節，譴呵從之；忿怒不止，楚撻從之。夫為夫婦者，義以和親，恩以好合，楚撻既行，何義之存？譴呵既宣，何恩之有？恩義俱廢，夫婦離矣。

婦行第四：女有四行，一曰婦德，二曰婦言，三曰婦容，四曰婦功。夫云婦德，不必才明絕異也；婦言，不必辯口利辭也；婦容，不必顏色美麗也；婦功不必工巧過人也。清閑貞靜，守節整齊，行己有恥，動靜有法，是謂婦德。擇辭而說，不道惡語，時然後言，不厭於人，是謂婦言。盥浣塵穢，服飾鮮絜，沐浴以時，身不垢辱，是謂婦容。專心紡績，不好戲笑，絜齊酒食，以奉賓客，是謂婦功。此四者，女人之大德，而不可乏之者也。然為之甚易，唯在存心耳。古人有言：「仁遠乎哉？我欲仁，而仁斯至矣。」此之謂也。

專心第五：禮，夫有再娶之義，婦無二適之文，故曰夫者天也。天固不可逃，夫固不可離也。行違神祇，天則罰之；禮義有愆，夫則薄之。故女憲曰：「得意一人，是謂永畢；失意一人，是謂永訖。」由斯言之，夫不可不求其心。然所求者，亦非謂佞媚苟親也，固莫若專心正色。禮義居絜，耳無塗聽，目無邪視，出無冶容，入無廢飾，無聚會羣輩，無看視門戶，此則謂專心正色矣。若夫動靜輕脫，視聽陝輸，入則亂髮壞形，出則窈窕作態，說所不當道，觀所不當視，此謂不能專心正色矣。

曲從第六，夫得意一人，是謂永畢；失意一人，是謂永訖。欲人定志專心之言也。舅、姑之心，豈當可失哉？物有以恩自離者，亦有以義自破者也，夫雖云愛，舅、姑云非，此所謂以義自破者也，然則舅、姑之心奈何？固莫尚於曲從矣。姑云不爾而是，固宜從令；姑云爾而非，猶宜順命。勿得違戾是非，爭分曲直。此則所謂曲從矣。故女憲曰：「婦如影響，焉不可賞。」

和叔妹第七：婦人之得意於夫主，由舅、姑之愛己也；舅、姑之愛己，由叔妹之譽己也。由此言之，我臧否譽毀，一由叔妹，叔妹之心，復不可失也。皆莫知叔妹之不可失，而不能和之以求親，其蔽也哉！自非聖人，鮮能無過。故顏子貴於能改，仲尼嘉其不貳，而況婦人者也！雖以賢女之行，聰哲之性，其能備乎！是故室人和則謗掩，外內離則惡揚。此必然之勢也。易曰：「二人同心，其利斷金。同心之言，其臭如蘭。」此之謂也。夫嫂妹者，體敵而尊，恩疏而義親。若淑媛謙順之人，則能依義以篤好，崇恩以結援，使微美顯章，而瑕過隱塞，舅姑矜善，而夫主嘉美，聲譽于邑鄰，休光延於父母。若夫惷愚之人，於嫂則託名以自高，於妹則因寵以驕盈。驕盈既施，何和之有！恩義既乖，何譽之臻！是以美隱而過宣，姑忿而夫慍，毀訾布於中外，恥辱集於厥身，進增父母之羞，退益君子之累。斯乃榮辱之本，而顯否之基也。可不慎哉！然則求叔妹之心，固莫尚於謙順矣。謙則德之柄，順則婦之行。凡斯二者，足以和矣。詩云：

「在彼無惡，在此無射。」其斯之謂也。

馬融善之，令妻女習焉。

昭女妹曹豐生，亦有才惠，為書以難之，辭有可觀。

昭年七十餘卒，皇太后素服舉哀，使者監護喪事。所著賦、頌、銘、誄、問、注、哀辭、書、論、上疏、遺令，凡十六篇。子婦丁氏為撰集之，又作大家讚焉。（見鼎文版，冊四，頁2784～2792）

申言之，「女誡」雖不是啓蒙書，但就兒童讀物的觀點來看，其地位與價值是不容懷疑的。以下略述「漢書」以後至宋以前，可見流行啓蒙教材如下：

1 「千字文」

「千字文」是繼「三蒼」而後流行的學童啓蒙書，在唐代即已盛行，唐王定保「摭言」云：

顧蒙，宛陵人，博覽經史，慕燕許刀尺，亦一時之傑。餘力深究內典，繇是

真草隸篆四體千字文

天地元黃宇宙洪荒日月盈昃辰宿列張寒來暑往秋收冬藏閏餘成歲律呂調陽雲騰致雨露結為霜

四體千字文

▶四體千字文（見老古版「國學初基入門」，頁47）

屢為浮圖碑，倣歐陽率更筆法，酷似前人。庚子亂後，萍梗江浙間。無何，有美姬為潤帥周寶奄有，蒙不能他去，而受其豢養，由此名價減薄。甲辰淮浙荒亂，避地至廣州，人不能知，困於旅食，以至書「千字文」授於聾俗，以換斗筲之資。未幾，遘疾而終。蒙頗窮易象，著「大順圖」三卷。（見新興版「筆記小說大觀」二十篇，冊一，頁257～258）

又「顧亭林文集・呂氏千字文序說」亦云：

小學之書，自古有之，李斯以下號為「三蒼」，而「急就篇」最行於世，自南北朝以前，初學之童子無不習之，而「千字文」則起於齊、梁之世，今所傳天地玄黃者。又梁武帝命其臣周興嗣取王羲之之遺字次韻成之，不獨以文傳，而又以其巧傳。後之讀者苦「三蒼」之難，而便千文之易。於是至今為小學家恆用之書。（見商務四部叢刊初編「亭林文集」卷二，頁92）

「千字文」在敦煌發現的古鈔卷子相當多，有編號為：斯三二八七、三八三五、四五〇四、四九四八、五四五四、五五九二、五七一一、五八一四、五八二九、六一七三等十

鵾獨運淩摩絳霄耽讀翫市寓目囊箱易輶攸畏屬耳
垣牆具膳飡飯適口充腸飽飫烹宰饑厭糟糠親戚故
舊老少異糧妾御績紡侍巾帷房紈扇圓潔銀燭煒煌
晝眠夕寐藍筍象牀弦歌酒讌接杯舉觴矯手頓足悅
豫且康嫡後嗣續祭祀烝嘗稽顙再拜悚懼恐惶牋牒
簡要顧答審詳骸垢想浴執熱願涼驢騾犢特駭躍超
驤誅斬賊盜捕獲叛亡布射遼丸嵇琴阮嘯恬筆倫紙
鈞巧任釣釋紛利俗並皆佳妙毛施淑姿工顰妍笑年
矢每催曦暉朗曜璇璣懸斡晦魄環照指薪修祜永綏
吉劭矩步引領俯仰廊廟束帶矜莊徘徊瞻眺孤陋寡
聞愚蒙等誚謂語助者焉哉乎也
嘉靖壬寅歲春二月九日徵明書于東雅堂

▶明文徵明書「千字文」（見56年版「故宮博物院法書選粹」）

個卷子，另有編號爲伯二〇五九、二四五七、二六六七、二七五九、二七七一、二八八八、三〇六二、三一〇八、三一一四、三一七〇、三二一一、三四一六、三四一九、三五六一、三六一四、三六二六、三六五八、三七四三、三九四三、四七〇二、四八〇九、四九三七等二十二卷子。由敦煌所藏卷子的數量來看，「千字文」在當時必定是非常普遍的啓蒙教材。其中除伯三四一九是藏、華文對照本外，又有漢、蕃對音「千字文」，可見「千字文」的影響也非常大。

「千字文」一書，依「新唐書・藝文志」（鼎文版，冊二，頁1448）、「舊唐書・經籍志」上（鼎文版，冊三，頁1986）的記載是：作者有蕭子範、周興嗣二人之說。只是「新唐書」是作「周興嗣次千字文一卷、演千字文五卷。」蕭、周兩人都是梁朝人，「梁書」卷三十五「蕭子範本傳」：

> 子範字景則，子恪第六弟也。齊永明十年，封祁陽縣侯，拜太子洗馬。天監初，降爵為子，除後軍記室參軍，復為太子洗馬，俄遷司徒主簿，丁所生母憂去職。子範有孝性，居喪以毀聞。服闋，又為司徒主簿，累遷丹陽尹丞，太子中舍人。出為建安太守，還除大司馬南平王戶曹屬，從事中郎。王愛文學士，子範偏被恩遇，嘗曰：「此宗室奇才也。」使製「千字文」，其辭甚美，王命記室蔡薳

注釋之。自是府中文筆，皆使草之。王蕘，子範遷宣惠諮議參軍，護軍臨賀王正德長史。正德為丹陽尹，復為正德信威長史，領尹丞。歷官十餘年，不出藩府，常以自慨，而諸弟並登顯列，意不能平，及是為到府牋曰：「上藩首佐，於茲再忝，河南雌伏，自此重昇。以老少異時，盛衰殊日，雖佩恩寵，還羞年鬢。」子範少與弟子顯、子雲才名略相比，而風采容止不逮，故官途有優劣。每讀漢書，杜緩兄弟「五人至大官，唯中弟欽官不至而最知名。」常吟諷之，以況己也。

尋復為宣惠武陵王司馬，不就，仍除中散大夫，遷光祿、廷尉卿。出為戎昭將軍、始興內史。還除太中大夫，遷祕書監。太宗即位，召為光祿大夫，加金章紫綬，以逼賊不拜。其年葬簡皇后，使與張纘俱製哀策文，太宗覽讀之，曰：「今葬禮雖闕，此文猶不減於舊。」尋遇疾卒，時年六十四。賊平後，世祖追贈金紫光祿大夫。諡曰文。前後文集三十卷。（見鼎文版，頁510）

「梁書」卷四十九「周興嗣本傳」：

周興嗣字思纂，陳郡項人，漢太子太傅堪後也。高祖凝，晉征西府參軍、宜都太守。

興嗣世居姑孰。年十三，遊學京師，積十餘載，遂博通記傳，善屬文。嘗步自姑孰，投宿逆旅，夜有人謂之曰：「子才學邁世，初當見識貴臣，卒被知英主。」言終，不測所之。齊隆昌中，侍中謝朏為吳興太守，唯與興嗣談文史而已。及罷郡還，因大相稱薦。本州舉秀才，除桂陽郡丞，太守王嶸素相賞好，禮之甚厚。高祖革命，興嗣奏休平賦，其文甚美，高祖嘉之。拜安成王國侍郎，直華林省。其年，河南獻儛馬，詔興嗣與待詔到沆、張率為賦，高祖以興嗣為工。擢員外散騎侍郎，進直文德、壽光省。是時，高祖以三橋舊宅為光宅寺，敕興嗣與陸倕各製寺碑，及成俱奏，高祖用興嗣所製者。自是銅表銘、柵塘碣、北伐檄、次韻王羲之書千字，並使興嗣為文，每奏，高祖輒稱善，加賜金帛。九年，除新安郡丞，秩滿，復為員外散騎侍郎，佐撰國史。十二年，遷給事中，撰史如故。興嗣兩手先患風疽，是年又染癘疾，左目盲，高祖撫其手，嗟曰：「斯人也而有斯疾也！」手疏治疽方以賜之。其見惜如此。任昉又愛其才，常言曰：「周興嗣若無疾，旬日當至御史中丞。」十四年，除臨川郡丞。十七年，復為給事中，直西省。左衛率周捨奉勑注高祖所製歷代賦，啟興嗣助焉。普通二年，卒。所撰皇帝實錄、皇德記、起居注、職儀等百餘卷，文集十卷。（見鼎文版，頁697～698）

周興嗣編定「千字文」的說法，是比較得到一般學者同意，所以在正史的圖書目錄上都有明確的記載，如「隋書・經籍志」、「舊唐書・經籍志」、「新唐書・藝文志」、「宋史・藝文志」等，甚至清代謝啓昆「小學考」中也有相同的敍述。

顧炎武在「日知錄」卷二十二云：

「千字文」元有二本，「梁書・周興嗣傳」曰：高祖以三橋舊宅，為光宅寺，勑興嗣與陸倕製碑，及成俱奏。高祖用興嗣所製者。自是銅表銘、柵塘碣、北伐檄，次韻王羲之書千字，竝使興嗣為之。「蕭子範傳」曰：子範除大司馬南平王戶曹，屬從事中郎，使製「千字文」，其辭甚美，命記室蔡薳注釋之。「舊唐書・經籍志」：「千字文」一卷，蕭子範撰，又一卷，周興嗣撰。是興嗣所次者，一「千字文」；而子範所製者，又一「千字文」也。乃「隋書・經籍志」云：「千字文」一卷，梁給事郎周興嗣撰，「千字文」一卷，梁國子祭酒蕭子雲注。「梁書」本傳，謂子範作之，而蔡薳為之注釋，今以為子雲注，子雲乃子範之弟，則異矣。「宋史・李至傳」：言「千字文」乃梁武帝得鍾繇書破碑千餘字，命周興嗣次韻而成。本傳以為王羲之，而此又以為鍾繇，則又異矣。「隋書」、「舊唐書志」，又有「演千字文」五卷，不著何人作。（見明倫版「原抄

本日知錄」卷二十二，頁618）

可惜蕭子範所製的「千字文」，在「隋書・經籍志」就已經亡佚了。清人翟灝「通俗編」也記載有關「千字文」的事。「通俗編」卷二：

「南史・周興嗣傳」：「帝次韻王羲之書千字，使興嗣為文，奏帝稱善。」按字為義之所書。而「玉溪清話」云：「梁武帝得鍾繇破碑，愛其書，命周興嗣次韻成文。」「尚書故實」亦云：「武帝命殷鐵石於鍾王書搨千字，召周興嗣韻之。一日綴成，則其中兼有鍾繇書矣。」詹和仲言：「見唐刻千文，儼然鍾繇筆法，不謬也。」時梁武帝亦嘗自製千文。「南史・沈旋傳」：「旋子眾仕梁，為太子舍人。武帝製千文詩，眾為注解」是也。梁武前先有為千字文者，「齊書・宗室傳」：「南平王稱子範奇才，使製千字文，其辭甚美」是也。梁武後復有為「千字文」者，「舊唐書・袁朗傳」：「朗製千字詩，當時以為盛作」是也。又隋時秦王俊令潘徽為萬字文，見北史徽傳。（見五十二年四月世界版，頁25～26）

綜合前人說法，我們認為「千字文」的作者是周興嗣、蕭子範兩人。周氏千字文至今仍然流傳於世，而蕭子範「千字文」在「隋志」就已佚失了。「千字文」一共有三個本子，一是蕭子範本，一是周興嗣次王羲之字本，另外還有周興嗣次鍾繇字本。

「千字文」可說是我國最早的一本啓蒙教本，自隋、唐至明、清，凡一千三百餘年，皆採作兒童教材，他的撰寫經過，據唐李綽「尚書故實」的記載是：

「千字文」，梁周興嗣編次，而有王右軍書者。人皆不曉其始，乃梁武教諸王書。令殷鐵石於大王書中，搨一千字不重者，每字片紙，雜碎無序，武帝召興嗣謂曰：「卿有才思，為我韻之。」興嗣一夕編綴進上，鬢髮皆白，而賞賜甚厚。右軍孫智永禪師，自臨八百本，散與人間。江南諸寺皆留一本。（見新興本「筆記小說大觀」十編，冊一，頁105～106）

又明人朱國禎「湧幢小品」卷十八，亦採信其說云：

「千字文」，周興嗣所作，周字思纂，世居姑熟。宿逆旅，夜有人謂曰：「子文學邁世，初當見識貴臣，繼被知英主。」齊昌隆中，謝朏雅善興嗣，薦於武帝。法帖中有王羲之所草「千字文」，文帝患其不倫，命興嗣以韻語屬之，一夕成文，本末燦然。（見六十二年四月新興版「筆記小說大觀」正編，冊三，頁2018）

所謂「一夕編綴進上，鬢髮皆白」，雖有失誇張，但亦可見其費盡心思。今日我們所見到的「千字文」，不但內容包涵甚廣，而且條理倫次也莫不井然有序。先談天地宇宙，再進而論及物類。由人而論及人道。人道包括修身、齊家、以至治國、平天下等事，而歷史、地理知識等也逐一作有系統的介紹，其中脈絡顯然可見，並非無所立意而編排成書。又「千字文」是以四字寫成的韻語，這是我國古代啓蒙教材編撰的通例；且用字僅千字，如此的編排不但有助於誦讀記憶，且亦符合兒童閱讀的自然傾向。

「千字文」內容包括天文、地理、歷史、人倫、教育、生活等各方面，四字一句，凡二百五十句。文無重複，文辭典雅，上下工對，除作識字外，亦可作習字帖用，歷代書家，頗喜好千字。自唐代以後，是兒童必備的讀本。據謝啓昆「小學考」所載，在周氏以後注解、讀作、仿作、改作的本子相當多，如：

蔡薳注千字文、蕭子雲注千字文、胡蕭注千字文、無名氏篆書千字文、無名氏草書千字文、薛氏古篆千字文、無名氏百體書千文、趙孟頫書千字文、潘徽萬字文、無名氏演千字文、鍾繇千字文、胡寅敘古千字文、侍其瑋續千字文、劉紹佑續千字文、夏大和性理千字文、解延年敘古千字文集解、李登正字千文、瞿九思正字千文、徐渭集千字文、周履靖廣易千文、呂裁之千字文、江瀾千字再集、桌珂集千字文、項溶集千字文、馮嗣京增壽千字文。（見藝文版「小學考」，頁255～263）

由此可知「千字文」一書受到普遍的重視，在啓蒙教材中，具有相當的地位。

2 開蒙要訓

「開蒙要訓」，史志未見著錄，僅見於「敦煌遺書總目」，目前藏於倫敦的計有：斯七〇五、一三〇八、五四三一、五四四九、五四六三、五四六四、五五八四、六一三一、六二二四等九個卷子，另有巴黎國家圖書館所藏的編號伯二四八七、二五七八、二五八八、二七一七、三〇二九、三〇五四、三一〇二、三一四七、三一六六、三一八九、三二四三、三三一一、三四〇八、三四八六、三六一〇、三八七五等十六個卷子，

▲開蒙要訓（見「羅雪堂先生全集・三編」，冊9，頁3316）

從「開蒙要訓」卷子之多，可以明瞭「開蒙要訓」與「千字文」在當時的流傳狀況。由於「開蒙要訓」最後註明「童蒙初學，以(易)解難忘」，可知是啓蒙的讀本，與倉頡、急就、千字文性質相同；而編排又與「千字文」相近。

「開蒙要訓」的作者，在敦煌卷中並未著錄，只有在藤原佐世所編「日本國現在書目·小學類」中註明爲「馬氏撰」，但是在「敦煌遺書總目錄·開蒙要訓」下註明爲「一卷、六朝仁壽馬氏撰」，倘若此一資料所說的「開蒙要訓」與今所見相同的話，雖然不能詳知作者名字，但可知爲六朝時馬氏所寫，仁壽則應該是他所居住的地方。

自有六朝馬氏撰寫「開蒙要訓」以來，歷代抄寫此篇作品眞是不乏其人，在敦煌所藏「開蒙要訓」卷子，其中載明抄寫年代者，前後有三，首爲斯七〇五，卷末題記載有：

大中五年辛未三月廿三日學生宋文獻誦安文德寫社司轉。

大中是唐宣宗年號，而大中五年辛未，則相當於西元八五一年。另外在編號伯二五七八卷末題記是：

天成四年九十八日燉煌郡學士郎張□□□□

天成爲後唐明宗年號，天成四年是西元九二九年。又斯五四六三卷子，卷末題記爲：

顯德伍年十二月十五日大雲寺孠（學）郎

顯德爲後周世宗年號，顯德五年即西元九五八年。僅由上列三種不同卷子的資料，便可證明「開蒙要訓」自成書後到唐、五代間，一直陸陸續續地流行傳抄著。

「開蒙要訓」在形式與內容上都與「千字文」相似，在形式上，是用四字一句，兩句一韻的形式寫成；在內容上，它首先介紹天地、四時與自然。接著是天文、人文、人們身體各器官，以及各種疾病，對於各種器物工具，也都逐一介紹，並說明操作情形。飲食烹調在本文亦佔重要分量，同時也談到耕種，並介紹所見各類動、植物，最後以一些警惕孩童的話結束內容。書凡一千四百字，字數較「千字文」多些，內容也比較廣泛；但同樣是以教兒童識字爲目的，皆盡量避免使用重複的字眼，又配上韻腳，以便朗讀記憶。

「開蒙要訓」本身有一個很大的特色，它將各種物品、用具、植物、動物作分類的編排，所以常有一連串同一偏旁的字出現。當然這樣的編排，可以讓學童對各類的事物能夠同時了解吸收；但是，把同類的事物呆板的排列在一起，而沒有具體區別的說明與插圖，是容易使學童感到混淆厭倦的。

「開蒙要訓」雖然與「千字文」性質相同，流行傳抄於唐、五代間，但並沒有廣泛流行，現在只見於敦煌遺書中。由此可見，「開蒙要訓」是不如「千字文」那麼風行普及；但它編排的方式對於此後產生的雜字書也應有不少的影響。（以上有關「開蒙要訓」皆取材自雷僑雲七十年六月碩士論文「敦煌兒童文學研究」第二章第三節「開蒙要訓」，見頁52～58。該論文於74年9月由臺灣學生書局出版，書名爲「敦煌兒童文學」，並見頁44～50）。

又就現存「隋書·經籍志」收錄，或可做爲小學啓蒙的教材約有下列之書：

三蒼三卷　郭璞注
埤蒼三卷　張揖撰
急就章一卷　史游撰
急就章二卷　崔浩撰
急就章三卷　豆盧氏撰

吳章二卷　陸機撰
小學篇一卷　晉下邳內史王義撰
少學九卷　楊方撰
始學一卷
勸學一卷　蔡邕撰
發蒙記一卷　晉著作郎束皙撰
啟蒙記三卷　晉散騎常侍顧愷之撰
啟疑記三卷　顧愷之撰
千字文一卷　周興嗣撰
千字文一卷　蕭子雲注
千字文一卷　胡肅注
篆書千字文一卷
演千字文五卷
草書千字文一卷（以上見鼎文版「隋書」卷三十二，頁942）

3 蒙求

至唐朝，則有「蒙求」、「太公家教」兩書出現。「蒙求」一書現存本共六百三十一句，每句四字，共計有二千四百八十四字。「蒙求」一書亦是兩句一韻，韻語和諧，句法整齊。編採的都是歷史人物的事蹟。但一般人都以爲「蒙求」是後晉李瀚所撰，這都是誤引「四庫全書提要」的資料（見卷一二十六、子部類書類一與類書類存目一），沿訛襲謬所致。其實陳振孫已題爲唐李瀚撰，「直齋書錄解題」卷十四：

「蒙求」三卷唐李瀚撰。本無義例，信手肆意，雜襲成章，取其韻語易於訓誦而已，遂至舉世誦之，以為小學發蒙之首，事有甚不可曉者。余家諸子在褓，未嘗令誦此也。（見六十七年五月臺版商務人人文庫本，中冊，頁404）

而清末楊守敬「經籍訪古志」亦加以刊正，又敦煌石窟見存有兩本，王重民在「敦煌古籍敍錄」裡有詳細的說明：

蒙求集註卷上

晉 李瀚 撰

宋 徐子光 補註

昭文 張海鵬 校

王戎簡要裴楷清通

晉書王戎字濬沖琅邪臨沂人幼而穎悟神彩秀徹視日不眩裴楷見而目之曰戎眼爛爛如巖下電阮籍素與戎父渾爲友戎年十五隨渾在郎舍少籍二十歲籍與之交籍每適渾去輒過視戎良久然後出謂渾曰濬沖清賞非卿倫也共卿言不如共阿戎談歷官至司徒○晉書裴楷字叔則河東聞喜人明悟有識量少與戎齊名鍾會薦於文帝辟相國掾及吏部郎缺帝問會會曰裴楷清通王戎簡要皆其選也於

蒙求集註卷上　一　照曠閣

▶蒙求集註（見藝文版「百部叢書集成」，頁1）

李氏蒙求　李翰撰　伯二七一〇、五五二二

敦煌本李氏「蒙求」殘卷二：甲卷為卷子本，著錄號碼為二七一〇，存者二十六行。始李良進表之後段，次李華序，又次「蒙求」白文二十八句。乙卷為折葉裝本，號碼為五五二二，僅存兩葉，恰是一折。自「爰盎卻坐」注語起，至「李郭仙舟」句止。半頁六行，本文單行，注雙行，每行二十二、三字至二十六、七字不等，與李華序所謂「每行注兩句」者不合，則傳鈔已失原本之舊矣。按自中唐至於北宋，是書為童蒙課本，最為通行。及徐子光補注出，而李氏原注微，及「三字經」、「百家姓」行，而徐注又微。明、清之間，學者已不識李翰為何人，遑論其書！「四庫全書提要」竟以晉之李翰當之矣！邢澍「守雅堂文集」、黃廷鑑「第六絃溪文鈔」、周中孚「鄭堂讀書記」，始稍稍辯證。至光緒初年，楊守敬訪書日本，獲古鈔卷子改裝本「蒙求」一卷，舊抄附音「增廣古注本」二通，博考詳徵，俱載「日本訪書志」中，自是李氏原書，始復明於世。楊氏云：「意此書在唐時，鄉俗鈔寫，憚其煩文，遂多刪節，其後並所引書名略之。至宋徐子光，不見有書名之本，但見其文與事，與見存書多異，又未能博考類書傳記，遂就現存書史換之，故往往有與標題不符」，理或然也。蓋翰自撰書而自作注，當無失引誤引之事，如提要列舉「周嵩狼抗」等事，以為補注精核

者，楊氏照以古鈔本，翰原注本如是。今按此兩敦煌残卷，甲卷李良進表後，有「良令國子司業陸善經造表，表未行而良授替，事因寢矣」一行，唯楊氏所獲古鈔卷子改裝本有之，可見唯此兩本淵源為最古。乙卷書法雖不佳，約亦為晚唐或五代寫本，持與佚存叢書所謂古本及徐子光補注相校，互有詳略。而每事必注所出書名，則較兩本為獨詳。如「曹參趣裝」引「史記」，古本補注則並引「漢書」。「鄒衍降霜」引「淮南子」，古本同，補注不著引書名。「詰汾興魏」引「御覽書」，古本補注引「北史」，「不疑誣金」引「史記」，古本補注引「漢書」，「謝尚鴝鴿」引「語林」，古本補注並不著引書名。「太初日月」引「世說」，古本不著引書名，補注引「魏志」。「季野陽秋」引「世說」，古本補注不著引書名。凡古本補注易以後出之書者，皆楊氏所謂就見存書史換之者也。余未見楊氏所得古鈔卷子改裝本，然「訪書志」臚舉該卷注中所引佚書，不及「御覽書」，則古鈔本「詰汾興魏」下，似已佚去御覽書之名。按御覽書即修文殿御覽，多紀北朝事，故李翰引之。徐子光不獲見，益易以「北史」。蓋當時「魏書」尚未大行，觀於宋人校刊「魏書」，以修文殿御覽高氏小史北史補其殘缺，則其故可得而知也。蓋一時代有一時代通行之書，學者擁書雖富，而其徵引，往往為時代所限，此又其例也。（又如「靈輒扶輪」，楊氏古鈔本引「類林」，補注換為「左傳」。「燕昭築臺」，古鈔本引「春秋後語」，補注換為「史記」與「孔文舉書」。「類林」、「春秋後語」並為唐代最通行之書。」然則楊氏所謂最逼近李氏原本者，較之敦煌本，已有刪節，至於附音增廣本，楊氏謂為即佚存叢書古本，以余觀之，其所謂古本，特補注之節本耳，毫不足貴。若謂古本引書多於補注，奈補注亦有多於古本者何？要不得以其注文簡略，遂疑近古。如「晏嬰脫粟」一條，古本引「晏子春秋」，補注作「韓子春秋」，「韓」雖明是誤字，而敦煌本卻正作「韓子春秋」，則徐氏所因舊本，其淵源亦頗古；古本改之，正見其多自刪節也。（見木鐸版，頁206～208）

又蘇樺於「敦煌石窟的兩種兒童讀物」一文裡亦曾補述說：

我曾獲得一種徐子光（宋理宗時人）補注的「蒙求」全本。開頭是饒州刺史李良「薦蒙求表」，上表的時間為「天寶五年八月一日」（這一年為西元七四六年），我曾在「新唐書．南蠻傳」裡查到有桂州刺史李良的名字，不知道和本書上表的李良，是不是同一個人？接在表後的是李華的「蒙求序」。由於「古文觀止」中有他的「弔古戰場文」，這個名字是不陌生的。「新唐書」有李華的傳，說他跟蕭穎士同登開元二十三年進士，還說到他的同宗晚輩「宗子李翰」。這個李翰應該就是序裡所提的蒙求作者李翰。依這些資料看起來，「蒙求」這本書至晚完成於天寶五年（西元七四六年）。（見「國語日報」七十年七月十九日「兒童文學週刊」，第四七九期）

蘇先生目前有「蒙求新編」的撰述，亦即演繹「蒙求」每句四字爲故事一篇。「蒙求」，「四庫全書」列於類書類，可說是「對類」之書，考「偶句隸事」之類，「隋書・經籍志」子部「雜家類」載有：

對林十卷　不著撰人
語林十卷　朱澹遠撰
對要三卷　不著撰人
衆書事對三卷　不著撰人

「新唐書・藝文志」丙部子部錄「類書類」載有：

應用類對十卷　不著撰人

韻對十卷　高測撰

「宋史・藝文志」子部「類書類」載有：

燕公事對十卷

九經對話十卷

經史事對三十卷

韋稔「筆語類對」十卷

毛友「左傳類對賦」六卷

國朝韻對八卷

「續文獻通考・經籍志・子部・類書」下，明人所編類書中有：

祝彥「祝氏事偶」十五卷

屠隆「緗緗對類」二十卷

「清朝續文獻通考・經籍考・子部類書類」有：

章慶謙「對語四種」四卷

（以上參見方師鐸「幼學瓊林與龍文鞭影——附論李翰蒙求」一文。收存東海大學版「傳統文學與類書之關係」，頁264～273）

可見自隋、唐以至明、清，歷代都有「對類」之書，而「蒙求」是屬童蒙用書，可說是歷史或成語故事。

「蒙求」盛行於唐、宋、元、明時代，且開創了「蒙求」之體。就書名而言，後代就出現了很多各式各樣的「蒙求書」。又就內容而言，後代的「三字經」、「龍文鞭影」、「幼學瓊林」等書，都是取材於「蒙求」，尤其是「龍文鞭影」一書，簡直就是「蒙求」的翻版。

宋朝徐子光就李氏原書加以注解。清張海鵬輯「學津討原」收錄有徐子光「蒙求集註」。又王灝輯「畿輔叢書」、「全唐詩」卷八百八十一亦收有「蒙求」原文。至於敦煌鈔本，編號爲伯二七一〇、五五二二。而五十六年增訂本「國立中央圖書館善本書目」收錄有：

蒙求集註四卷四冊　□侯靖注　明種松書屋活字本

標題徐狀元補注蒙求三卷三冊　宋徐子光補注　日本寛永乙核（十二年）　中野小佐衛門刊本

蒙求詳說十六卷五冊　宋徐子光補正並註　日本宇由的詳說　日本天和三年刊本。（見第二冊，頁618）

4 太公家教

「太公家教」是屬於家訓文學。家訓是治家立身之言，用以垂訓子孫的。至於家訓文學的來源，周法高先生在「家訓文學的源流」一文中，曾歸納出三個來源：

第一種是古人的誡子書、家訓一類的作品。（在這一點上，和家書有密切的關係）。

第二種是古人的遺令或遺戒。

第三種是古人自敘生平的「自敘」。（見五十九年四月正中臺二版「中國語文論叢」，下冊，頁292）

君子是以人相知相道行魚　望於江湖人無良友不知行之得失是結以交朋友須擇良賢寄死託孤意重則密密則同榮辱則同辱難則相救危則相扶勤是無價之寶學是明月神珠積財千万不如明解一經良田千頃不如薄藝隨軀慎是護身之符謹是百行之本香餌之下必懸鉤之魚重賞之家必有勇夫卜切之者可償過者可誅慈父不愛无力之子只愛有力之奴養男不教為人養奴養女不教不如養猪癡人思婦賢女敬夫孝是百行之本　故云其大者乎

太公家教一卷

四十七

▶太公家教殘卷（見「羅雪堂先生全集・三編」，冊5，頁1872～1873）

「太公家教」是從中唐到北宋初年最盛行的一種童蒙教材。可惜自第十一世紀以後，因爲被「三字經」、「百家姓」所取代，流行的程度就漸漸減低了。至二十世紀敦煌石室洞開，「太公家教」才又受到重視，敦煌「太公家教」現藏於倫敦大英博物館約計有：斯四七九、一一六三、一二九一、一四〇一、三八三五、四九二〇、五六五五、五七二九、五七七三、六一七三、六一八三、六二四三等十二個卷子，另在巴黎國家圖書館約有：伯二五五三、二五六四、二七三八、二七七四、二八二五、二九三七、二九八一、三〇六九、三一〇四、三二四八、三四三〇、三五六九、三五九九、三六二三、三七六四、三七九七、三八九四、四〇八五、四五八八、四七二四、四八八〇、四九九五等二十二個卷子，由此可知「太公家教」在當時是稱得上廣布流行。

「太公家教」全書約爲二千五百字左右，文句以四字成語爲多，亦有四字句以及字句長短參差的。關於「太公家教」一書，王重民「敦煌古籍敍錄」有詳細的說明：

「太公家教」是從中唐到北宋初年最盛行的一種童蒙讀本。大概說來，自從第八世紀的中葉直到第十世紀末年（七五〇～一〇〇〇年）通用在中國本部；第十一世紀到第十七世紀的中葉（一〇〇〇～一六五〇年），還繼續不斷的被中國北部和東北的遼、金、高麗、滿州各民族內說各種語言的兒童們所採用。這個童蒙讀本的流傳之廣，使用時間之長，恐怕再沒有第二種比得上它的。

自從第十一世紀以後，這個童蒙讀本在中國本部因為有了「百家姓」、「三字經」來代替它，流行的程度就漸漸減低。而通行的地理區域，也就漸漸僅限於中國的北部和東北部。宋室南渡以後，到南方去的士大夫們，好像就很少人知道這個曾經盛極一時的「太公家教」了。

在第二十世紀的初年，敦煌石室內藏的古寫本書被斯坦因、伯希和劫走了，「太公家教」纔又被我們知道，又有人來研究。

一九八〇年三月，伯希和在敦煌藏書洞內盜選了比較好的華文及其他語文的經卷三千來種，一直送到巴黎去，又在敦煌附近作了一些考古的工作。一九〇九年的秋天，他個人攜帶了幾十種未送走的東西（古寫本書和圖畫等）到北京來。那時候在北京的中國學士大夫等，如羅振玉、王仁俊都去看他的實物，於是中國人士，方纔知道敦煌發現古寫本書的消息。這年的八月二十二日，學部纔給蘭州制臺拍一電報，叫他派員迅往敦煌查明還剩了多少，咨部存案。又是年九月二十五日和十月二十五日，羅振玉在「東方雜誌」上一連發表了兩篇文章，記載和考證伯希和讓他們看的卷子，和已經送往巴黎去的重要書名。在一些重要書名內就有「太公家教」。羅振玉等雖說沒有看見原書，但這是約在一千年後，又提起這個書名的第一次。

大概是在一九一〇年的年尾，羅振玉又把他那兩篇文章加詳，改題為「鳴沙山石室祕錄」。這時候，他雖說還沒有看見「太公家教」，卻得了一點考證，他說：「案李翺答朱載言書有：其理往往有是者，而詞章不能工者有之矣，劉氏人物表，王氏中說，俗傳太公家教是也。」羅君作了這段考據，不到幾個月，他自己卻得到了一卷「太公家教」。王國維就在一九一一年六月，寫一篇跋。他除了引了李翺的話以外，又引王明清的「玉照新志」卷三說：「世傳太公家教，其書極淺陋鄙俚，然見之唐李習之文集，至以文中子為一律，觀其中猶引周漢以來事，當是有唐村落間老校書為之。太公者猶曾高祖之類，非渭濱之師臣明矣。」王國維不贊成太公是曾祖之說，他以為家教中舉了「太公未遇，釣魚渭水；相如未達，賣卜於市……」四個歷史故事，後人就用了第一個故事的「太公」來作書名。我以為這種推測，還不夠確切。我在伯希和所劫的古寫本書中，看到一卷原本「六韜」。是漢代到唐代相傳的原本，所載都是太公對文王和武王所說的種種嘉言懿行。因此，漢唐時代的人，就拿來用為進德之書。「太公家教」就是本著這個意思，從「六韜」裡取出一些最有進德之助的嘉言，來用作童蒙讀本的。可是「太公家教」，是專取的太公對文王說的話，他對武王說的話，別纂成一部

「武王家教」，在敦煌石室內也發現了幾本。宋元豐中（一〇七八～一〇八五年）刪去「六韜」裡面的嘉言懿行，專剩下一些言「兵」的話，所以王國維沒有想到「太公家教」會是出於「六韜」的。

王國維又說：「陶九成輟耕錄卷二十五所載金人院本名目，亦有太公家教，蓋衍此書為之。則此書至宋元間尚存，特以淺陋鄙俚，故館閣與私家，均未著錄。」按金人院本裡面的「太公家教」，當如院本裡面的「千字文」、「論語」、「道德經」之類。金代以前和以後的這類「千字文」，有的流傳到現在，是摘取「千字文」裡面的成語作成的。在那個時候若非「太公家教」還是作為一般的童蒙讀本，方能家傳戶誦，方能有院本「太公家教」的產生和演唱，王先生說「宋、元間尚存」是對的。我現在還要補充的，是王先生似乎還沒有注意到：在宋、元之間，在南方已被「百家姓」、「三字經」所代替，在北方則不但照舊通行，而且譯成了別種語言，它的流行區域，更伸張到東北去了。

錢大昕「元史・藝文志」根據「文淵閣書目」著錄了女真字「太公書」，就是高麗的「太公尚書」，就是「太公家教」。「文淵閣書目」卷十八頁七下「來」字號第一廚有女真字「姜太公書」兩冊，可見女真文的譯本，明初還存。金人自從滅遼以後，占了中國的北方，一面吸收了遼國的文化，一面翻譯中國的經書史書和童蒙讀本，來教育他自己的國民，我雖說沒有一點證據，我疑猜這部女真字的「太公書」是一直從漢文譯成女真文的，可能不是從契丹文轉譯來的。

古昂氏（Maurice Courant）的高麗書錄（Bibliographie Coréenne）著錄了一部「太公尚書」，他說那部書在一四六九年的時候是用來作為滿洲文的考試課本之一，在一六八四年又經申繼黯校訂過。古昂氏列在「滿文類」中是對的，但他追溯到一四六九年的時候，則有點不通了！因為一四六九年滿洲人的勢力還小，而且壓根兒還沒有滿洲文，高麗那能有滿洲文的考試！我看高麗通文館內是研究和學習外國文的地方，女真文便是通文館內的一科。自從清朝侵入後，才用滿洲文代替女真文。所以一四六九年的「太公尚書」應該是女真文本，不是滿洲文本，一定是古昂氏弄錯了！因此我想高麗通文館用的「太公尚書」就是「文淵閣書目」所舉女真字「姜太公書」。

滿洲文本「太公家教」不知道是什麼時候譯成的。「八旗通志．阿什坦傳」說：「阿什坦字海龍，順治二年以通滿、漢文，選授內院六品他赦哈哈番，翻譯大學、中庸、孝經及通鑑總論、太公家教等書刊行之。」明代沒有人稱引過漢文本「太公家教」，也沒有人談到「太公家教」。我疑猜漢文本的「太公家教」在十六世紀的時候已經亡佚了，所以我又疑猜阿什坦不會見到漢文本「太公家教」。「八旗通志」沒有說明他是從什麼文字譯成滿文的。

由上面的一些證據，我推想滿洲文本「太公家教」是從女真文本譯來的，恐怕創造了滿洲文不久，就首先把這部當地人民還在通用的童蒙讀本譯成滿洲文了！在一六二〇年左右，清朝佔據了東北，並且把他們的武力伸張到高麗去。高麗人為對外實用起見，通文館就用滿洲語代替了女真語科，而以前用以考試童蒙的女真文「太公家教」，也就用滿洲文本代替了！

「清史稿．文苑傳」說阿什坦譯「大學」、「中庸」在一六五二年，則他翻譯「太公家教」或者稍在一六五二年以前，但是我既推一六二〇年前後「太公家教」已經有了滿洲文譯本，而且阿什坦好像沒有看到漢文本「太公家教」的可能，則他翻譯「太公家教」應該作何解釋呢？我以為他既是精通滿、漢文字的人，他又在內院作官，那時候的內院是管文事的。自從清朝侵佔了北京，對於文事，對於他自己的教育，當然更要注意。所以阿什坦翻譯漢文書時，便附帶著把老滿文的「太公家教」又修正校訂成了當時通行的滿文。作傳的人沒有注意，就說「太公家教」也是他翻譯的了！阿什坦校訂以後的三十年來，高麗通用本也經申繼黯校訂，大概是依照阿什坦的校訂本，又把高麗通用的舊譯本校訂了一次，用來作考試時候的標準本子。（見木鐸本，頁220～224）。

從王氏敍錄裡，我們可知「太公家教」其書淺陋鄙俚，且在唐朝李翺之時已有。案李翺生於唐代宗大曆七年（西元七七二年），所以「太公家教」成書當早於唐代宗時。並且它的內容是由原本「六韜」損益蛻變而成。而所謂的「太公」，當指傳說撰寫「六韜」的那位「太公」了；同時我們也知道「太公家教」自中唐以來，流傳廣泛，甚至被翻譯成女眞、朝鮮、滿洲等文字，而暢行各地，並且被列入考試的科目。

「太公家教」的內容，可以說有許多是取材於古代典籍的資料，如「禮記」、「論語」、「孝經」、「漢書」、「荀子」、「說苑」等書，其編撰的本意原在訓誡子弟，所以內容多半在說明一些做人處事的道理，雷僑雲君曾重新分析歸納其內容如下：

說明教與學的重要

教育子女的

教養男人的

教忠孝的

教禮節的

教敬愼的

教擇友的

勸仁愛的
勸謙讓柔忍的
勸勤儉的
勸行善的
勸戒酒色的（以上詳見「敦煌兒童文學研究」，第三章「太公家教」，頁77～82。並見臺灣學生版「敦煌兒童文學」，頁59～83）

可見其內容相當廣泛。「太公家教」一書的主要功用，是啓發誘導學童，原卷首段作者便表白自己寫作的動機與目的：

余乃生逢亂世，長值危時，忘鄉失土，波併流餘；只欲隱山學道，不能忍凍受飢；只欲揚名於後代，復無晏纓（嬰）之機；才輕德薄，不堪人師，徒消人食，浪費人衣；隨緣信業，且逐時之宜，輒以討論墳典，諫（揀）擇詩書，於經傍史，約禮時宜，為書一卷，助誘童兒，流芳萬代，幸願思之。

考「太公家教」，雖是學童啓蒙教材，但在寫作方式並沒有那種教條行款的呆板形式，而是由於作者是「討論墳典，諫（揀）擇詩書」，所以全文的內容，多半是根據經典羣籍而來，其中有的文句，已經成爲今日常見的俗諺，如「禮尚往來」「知恩報恩」「居必擇鄰」……。可是又由於文詞過於淺俗，遭到後人的抨擊，其實這種淺俗，乃是家訓文學本身的特色，家訓是給子弟看，自以接近白話爲主。而「太公家教」或爲使其淺俗，乃以當時俗語撰寫。因此這種淺俗的用語，正是「太公家教」的特色。又「太公家教」在行文當中，常有用比喻說明道理，如：

羅網之鳥，悔不高飛；呑鉤之魚，恨不忍飢；人生誤計，恨不三思；禍將及己，悔不慎之。……明珠不瑩，焉發其光；人生不學，語不成章。小兒學者，如日出之光；長而學者，如日中之光；老而學者，如暮之光。人生不學，冥冥如夜行。

像這樣的技巧，足以提高學童學習的興趣，引起注意力，尤其對孩子們領悟、體會、想像力都能收到相當的培養效果及啓發作用，這是「太公家教」的另一點特色。

「太公家教」曾廣泛流傳，而後卻衰微不振，或許是由於內容並非全部針對兒童而說，是以漸被「百家姓」、「三字經」所取代。但我們仍不可忽視其影響，蘇樺先生對

「太公家教」的貢獻說明如下：

雖然這本「太公家教」，因被目為內容淺陋鄙俚，在國內沒有引起太大的注意和討論。我卻覺得不久前仍流行坊間的小冊子「昔時賢文」，還是沿著「太公家教」的這一脈絡發展下來的；而現在仍為一般家庭奉為居家圭臬的朱柏廬（用純）氏「朱子治家格言」，在文體上，在精神上，都跟他有相當的淵源。所以研究古代的兒童讀物以及研究古代中國兒童教育的人，都需要來看看這本雖然不很起眼的「太公家教」。（見「國語日報」七十年七月十九日，「敦煌石窟的兩種兒童讀物」下）

「太公家教」，敦煌鈔本原爲羅振玉藏本，收存「鳴沙石室佚書影印本」第四册（見文華版「羅雪堂先生全集」三編、四編皆有收存），而廣文書局亦有影印本。

5 兔園册

漢文帝子梁孝王，好宮室苑囿，曾築兔園；唐太宗子蔣王惲，自比梁孝王，故名其

八十七

兎園策府卷第一并序　杜嗣先奉　教撰
易曰利用賓於王書曰明試　事以制斯
則昇賢之大執辨政之嘉言捜其奧則薪
詠興選其精則桂林之鄉發自周徵造仕漢
辟賢良擢高第以登庸懸　禾而入仕劉君詔
問以伃沉之詞仲舒抗荅引陰陽之義孫弘則
約文而切理杜欽則指事以了謀魯平以雅素
申規馬融以傳宗獻可斯乃對問之大體詢考

▶兎園策殘卷（見「羅雪堂先生全集。三編」，冊5，頁1953）

書曰「兔園册府」。後因「兔園册府」爲民間村塾教授學童之書，故引申爲一切應試俗書或陋書之稱。

「宋史・藝文志」八：

杜嗣先兔園策府三十卷（見鼎文版冊六，頁5408）

而晁公武「讀書志」則謂：

「兔園策」十卷，唐虞世南撰，奉王命纂古今事為四十八門，皆偶儷之語。

（見人人文庫本冊二頁，頁280）

清人翟灝「通俗編」卷二，亦記載此書：

「五代史・劉岳傳」：「馮道本田家，朝士多笑其陋，且入朝，任贊、劉岳在其後，道行，數反顧，贊問岳何為？岳曰：『遺下兔園冊耳。』兔園冊者，鄉校俚儒教田夫牧子之所誦也。道聞之大怒。」按類書言，梁孝王圃名兔園。王卒，帝以園令民耕種，籍其租以供祭祀，其簿籍皆俚語，故鄉俗所誦云「兔園冊子」，此文未知何出。晁公武「讀書志」云：「兔園冊十卷，唐虞世南撰，纂古今事為四十八門，皆偶儷之語，至五代時，行於民間村塾，以授學童，故有遺下兔園冊之誚」。（見世界版，頁25）

案兔園冊，或流行於五代民間村塾，陸游於「自嘲」一詩裡曾引用「兔園」一詞：

> 生涯破碎餘龍具，學問荒唐守兔園。（見五十九年十一月再版世界本「陸放翁全集」下冊，頁540）

「兔園册」今不存，僅見敦煌殘本而已。王國維有「唐寫本兔園册府殘卷跋」一文，引錄如下：

> 右唐杜嗣先「兔園冊府」殘卷，僅存序文之半。案此書，「舊唐書．經籍志」與「唐書．藝文志」均未著錄，惟「宋史．藝文志」有杜嗣先「兔園冊府」三十卷，「五代史．劉岳傳」云：「宰相馮道，世本田家，狀貌質野。朝士多笑

其陋。道旦入朝，兵部侍郎任贊與岳在其後道行。數反顧，贊問岳。道反顧何為？岳曰：遺下兔園冊耳。兔園冊者，鄉校俚儒教田夫牧子之所誦也。」「困學紀聞」云：「兔園冊府三十卷，唐蔣王惲令僚佐杜嗣先倣應科目策自設問對，引經史為訓注。惲，太宗子，故用梁王兔園名其書。馮道兔園冊謂此也。」則此書盛行於五代，或至宋季尚存，故深甯尚能言之歟。然宋時藏書家罕有是書，惟晁氏郡齋讀書志有兔園冊十卷。云唐虞世南奉王命纂古今事為四十八門，皆偶儷之語，五代時行於民間村塾，以授學童，故有遺下兔園冊之誚。據此，五代村塾盛行之書，為虞為杜，殊未可知。竊疑世南入唐，太宗引為記室，即與房元齡對掌文翰，未必令撰此書等。豈此書盛行之際，或并三十卷為十卷，又以世南有「北堂書鈔」，故嫁名於彼歟，此本雖僅存卷首，然猶是貞觀時寫本。序中劉君詔問皆願治之言，治字未闕筆。知尚在太宗時。又案「舊唐書．太宗諸子列傳」：蔣王惲以貞觀七年為安州都督，至永徽三年除梁州都督，在安州凡十六年。則成書當在安州。而此本乃書成後即傳寫者，雖斷璣尺羽，亦人間瓌寶也。（見五十三年九月世界版「觀堂集林」下冊，頁1014～1015）

「兔園册」既是杜嗣先奉蔣王之命所撰，爲什麼又嫁名到虞世南頭上呢？王國維認爲虞世南的「北堂書鈔」是頗負盛名的類書，而虞世南的名氣又比杜嗣先大得多；於是張冠李戴，把流行民間的「兔園册」，也推到虞世南的頭上。至於對「兔園册」書名的解釋，方師鐸在「傳統文學與類書之關係」一書的導論裡說：

至於用「兔園」來名書，大概正如王應麟所說；蔣王惲是唐太宗之子，正和梁孝王是漢文帝之子，旗鼓相當，「漢書」謂梁孝王好宮室苑囿，築「兔園」延攬天下豪傑之士；唐代蔣王之書，名曰「兔園」，不是用典甚工麼？自馮道「遺下兔園册」這句俏皮話傳開了以後，人們便將那些「翰墨大全」、「翰苑新書」之類的「飳飣」、「獺祭」之書，統稱為「兔園册子」了。（見東海大學版，頁11～12）

方氏認爲「兔園册」即是類書之流。而李弘祺先生於「宋代教育史研究的幾個方向」一文裡亦提及「兔園册」：

中國傳統啟蒙書中很少見到類似近代兒童神話故事的內容。只有陸游曾經提過有所謂「兔園册」的小兒書，觀其名似乎很接近現代小孩的畫册故事書。（見

六十九年四月東昇版「宋代教育散論」，頁15）

這是顧名思義的想法。事實上「兔園册」已佚失。見存者僅見於敦煌古籍，且僅存卷首。從其字跡看是爲貞觀寫本。編號爲伯二五七三，今收存於「鳴沙石室佚書影印本」第四册。（見文華版「羅雪堂先生全集」三編，册五，頁1953～1954）

6 誦詩

當時蒙館不僅讀字書，亦有教誦詩。元稹於「白氏長慶集」序云：

予嘗於平水市中，見村校諸童競習詩，召而問之，皆對曰：「先生教我樂天、微之詩。」固亦不知予之為微之也。（見商務版「四部叢刊初編本」，第四十一册「白氏長慶集」，頁1）

可見唐村塾已有讀詩的風氣。而唐人讀詩或不僅限於唐詩。魏時應璩有百一詩，在當時或流行於學塾間。

應璩（西元一九〇～二五二年），字休璉，汝南人（河南省汝南縣），博學好屬文，是建安七子之一應瑒的弟弟。魏明帝時，歷官散騎常侍。魏齊王即位（西元二四〇年）後，大將軍曹爽執政，多違法度。璩爲爽長史，作詩規諷。後爲侍中，典著作。魏齊王嘉平四年卒，年六十三。追贈衞尉。「隋志」有集五十卷，今存五言詩十二首，包括百一詩三首（見「詩紀」）、又五首見「樂府詩集」、雜詩三首（「廣文選」作應瑒作，「藝文類聚」作應璩作）、三叟詩一首（見「藝文類聚」）。應詩質直拙樸，喜借古語，用申事理。今存詩十二首，除「樂府詩集」五首外，皆收存於丁福保「全漢三國晋南北朝詩」卷三。丁福保並有案語說明。

丹陽集曰：楚國先賢傳言：應璩作百一詩，譏切時事，徧以示在事者，皆怪愕以為應焚棄之。及觀文選所載璩百一篇，略不及時事。又郭茂倩雜體詩載百一詩五篇，皆璩所作，首篇言馬子侯解音律，而以陌上桑，為鳳將雛二篇，傷翳桑二老，無以葬妻子而已。無宣、孟之德，可以賙其急三篇，言老人自知桑榆之景，斗酒自勞，不肯為子孫積財。末篇即「文選」所載是也。第四篇似有諷諫，所謂「苟欲娛耳目，快心樂腹腸，我躬不悅歡，安能慮死亡。」此豈非所謂應焚棄之詩乎？方是時，曹爽事多違法，璩為爽長史，切諫其失如此，所謂百一者，

庶幾百分有一補於爽也。（見藝文版冊一，頁277）

胡適認爲百一詩類似後世的「太公家教」和治家格言一類的作品。胡適「白話文學史」云：

當時的文人如應璩兄弟幾乎可以叫作白話詩人。「文心雕龍」說應瑒有文論，此篇現已失傳了，我們不知他對於文學有什麼主張，但他的鬥雞詩（丁福保「全三國詩」卷三，頁十四）卻是很近白話的。應璩（死於西元二五二年）作百一詩，大概取揚雄「勸百諷一」的話的意思。史家說他的詩「雖頗諧，然多切時要」。舊說又說，他作百一詩，譏切時事，「徧以示在事者，皆怪愕，以為應焚棄之。」今世所傳百一詩已非全文，故不見當日應焚棄的詩，但得一些道德常識的箴言，文辭甚淺近通俗，頗似後世的「太公家教」和「治家格言」一類的作品，所謂「其言頗諧」，當是說他的詩體淺俚，近於俳諧。（見文光圖書公司版，頁49～50）

又王梵志的詩，亦流行於村塾間。王梵志衞州黎陽人（今河南濬縣東北），年代約當是

西元五九〇～六六〇年左右。胡適「白話文學史」說：

晚唐五代的村學堂裡小學生用梵志的詩作習字課本（法國圖書館藏有這種習字殘卷）。（見文光版，頁161～162）。

王梵志的第一卷裡都是勸世詩，極像應璩的百一詩。這些詩都沒有什麼文學意味。（同上，頁164）

敦煌有王梵志抄本，編號爲伯二七一八、三二六六、二九一四，劉復校錄。收錄於「敦煌掇瑣」。王重民「敦煌古籍敍錄」云：

梵志詩在唐，不僅民間盛傳之，即大詩人們也都受其影響。王維詩與胡居士皆病寄此詩兼示學人二首，註云：「梵志體」。宋詩人黃庭堅也盛稱他的「翻著袜」一詩。詩僧們像寒山、拾得，似尤受其影響。唐末詩人杜荀鶴、羅隱他們也未嘗不是他的同流。他是以口語似的詩體，格言式的韻文博得民間的「眾口相傳的」。（見木鐸版，頁284）

其次或爲盧仝，盧氏原籍是范陽，寄居洛陽，自號玉川子，胡適說他是「一個大膽嘗試的白話詩人，愛說怪話，愛做怪詩。」（見文光版「白話文學史」，頁287）淸人翟灝「通俗編」卷一有段關於盧仝的記載：

齊侯鎛鐘銘，以都俞作都都俞俞，關尹子以裴回作裴裴回回，韓詩外傳以馮翊作馮馮翊翊，皆以成語硬疊。唐宋人猶或放之，如樊紹述「絳守園池記」，用文文章章，「朱子語錄」謂吳才老說梓材，是洛誥中書，真恰恰好好是也。按此蓋由小兒學語，多為疊辭，如爹爹、嬭嬭、哥哥、姊姊之類，其實無當疊之義也。盧仝詩：添丁郎小小，則吾來久久；脯脯不得契，兄兄莫撚搜。對小兒為言，因遂作小兒口吻。（見世界版，頁6）

總之，詩之所能流傳於村塾，乃是取其淺近與勸世。

7 雜鈔

「雜鈔」，全本今不傳，僅有殘本見存於敦煌出土的古籍中，伯氏編號爲二七二一。有關雜鈔重要論著如下：

敦煌寫本雜鈔考　周一良　見燕京學報第三十五期。

敦煌寫本雜鈔跋　張政烺　見周叔弢先生六十歲生日紀念論文集。

唐鈔本雜鈔考　那波利貞　見「唐代社會文化史研究」。

雜鈔亦爲當時童蒙教材，試節鈔周一良「敦煌寫本雜鈔考」如下：

巴黎所藏敦煌寫本伯希和貳柒貳壹號卷子首尾完具，題云：「雜鈔一卷，一名珠玉鈔，二名益智文，三名隨身寶。」卷尾又題：「珠玉新鈔一卷」。劉半農先生「敦煌掇瑣」中輯第柒柒號曾錄此卷首數行及末數段，謂其中間「悉是雜記典故，全無道理，故未鈔錄。」日本那波利貞氏錄其全文，撰「唐鈔本雜鈔考」一卷，載西元一九四二年支那學卷拾小島祐馬本田成之還暦紀念號，於敦煌所出此類性質之殘卷略有敘述，並廣搜寫本題記之稱某寺「學仕郎」、「學仕」、「學郎」者，推論當日瓜沙之童蒙教育。然於此卷內容本身價值則少闡發。蓋那波氏關於敦煌卷子之著作搜集資料極勤，而論斷往往可觀者少也。近得覩此卷照

片，偶有所見，因書之，聊當紹介云爾。（見三十七年十二月「燕京學報」第三十五期，頁205）

又就「舊唐書·經籍志」、「新唐書·藝文志」所錄，或爲啓蒙教材者如下：

初學篇一卷　朱嗣卿撰
始學篇十二卷　項峻撰
少學集十卷　揚方撰
小學篇一卷　王義之撰
詁幼文三卷　顏延之撰
雜字書八卷　釋正度作（以上見鼎文版「舊唐書」，冊三，頁1986～1987）
幼童傳十卷　劉昭撰（同上，頁2003）
童悟十三卷　（同上，頁2009）
雜字一卷（見鼎文版「新唐書」，冊二，頁1447。又與「舊唐書」重複者不錄）
權德輿童蒙集十卷（同上，頁1606）

四言雜字白文

紙筆墨硯，訂簿記數，文書契紙，寫作憑據，久年拿出，免致拗數。
始開舖店，買賣生理，積貯貨物，貪價看起。人來交往，低言細語。
賒欠銀錢，出庄討數，寬容笑面，甜言好語。生銀欠債，良心天理。
三飧器用，鍋頭水缸，鹽糟酒醋，茶油醬薑，甜酸苦辣，鹹澁甘香，
煎蒸煮燴，焙炒炙乾，生熟滋味，寒熱溫涼，撈飯煮粥，蔬菜為常，
饑餓飽食，朝晝晚餐。黃昏睛息，黎明天光。園裏種菜，射桶淋花，
栽種蔬菜，茄子冬瓜，葱蒜韭蕹，茹瓠笠瓜，薯薑芋豆，瓠子地瓜，
莧菜苦蕒，芹菜開花，芥菜角菜，薗荽出花，同蒿甕菜，薔莧介芽、
箕菜血皮，芎蕉黃蘇。桃梅李菓，青梨甘蔗，龍眼荔枝。橘餅柿花，

▶四字雜字（見70年永安出版社版，頁4）

七言雜字白文

世間雜字識難盡，略寫大凡頗得明。豬粉湯肝肺肚，牛頭蹄脚腎胆筋。馬羊骨角油腰血，狗貓皮毛腦屎心。田鴨土生番鴨子，閹雞雞孌水雄禽。雞春鴨蛋鳥鵝卵，豆腐豆干番豆仁。酒醋鹽糟紅白麯，茶烟水粉黃黑糖。輕重買賣斤兩秤，多少價錢算公平。釐毫絲忽須憑數，萬千百十要分明。川連割信白書紙，粗紙金銀蠟燭香。土地公金小九割，天金透薄大城庄。巾衣長錢古紙子，貢紙柑紅大四方。朱紅桃紅木紅帖，花箋烘紙綠青黃。千年聯紙孫兒面，竟紙雲烟釣聯框。金字花燭併龍燭，檀爐淨香及線香。鱹鰱鯉鯽鰅魚鱱，鮎子鮘魚青背鰮。魽魚白腹鯊魚墨，鯿鯽鹹魚水貓公。鯗公鱨鱔鯸鰍子，鰻子黃鱔海

— 121 —

▶七字雜字（見70年永安出版社版，頁121）

以上有「雜字書」八卷，「雜字」一卷。而陸放翁「秋日郊居詩」自註亦提及「雜字」，不知是否有關。又以前臺灣私塾中曾流行有「四言雜字」、「七言雜字」。前者的目的，在於使讀者知道許多重要的名詞，使能夠達到能寫能記的目的，全書可說是名詞的堆砌，說不上連貫的意義。至於後者，全在介紹一些「雜」字，更是一些名詞的推砌，非但上下句沒有關係，甚至一句話的七個字之間，也沒有一定的意義。

叁　宋、元時代的啓蒙教材

宋、元時代，對於兒童教育可說極為重視。在中國教育史上佔有重要的地位，且專家學者輩出，其間尤以朱子最為有名。

朱子名熹，安徽婺源人，字晦菴，一字仲晦；又先後自稱晦翁、雲谷老人、滄洲病叟、遯翁。生於宋高宗建炎四年（西元一一三〇年），死於寧宗慶元六年（西元一二〇〇年），享年七十一歲。他死後諡為「文」，世稱「朱文公」，並曾歷受追封，從祀孔廟，為士人所景仰欽崇。他的父親名松，字喬年，號建齋，為人正直，對北宋周敦頤、張載、二程等人的哲學頗有研究；中進士後，曾任司勳吏部郎，因為反對秦檜對金人屈辱的和議政策，被排擠外調當福建尤溪縣尉。朱子就在尤溪出生，所以他後來開創的學派又稱為閩學。

朱子的一生，一方面盡瘁於教育；另一方面不斷進修研究，潛心著述，綜合了各家學說，開創了新的思想方法，留給我們的文化遺產，朱子不僅著作極多，而且著述的態度，亦非常嚴謹。朱子重要的著述有：「四書集註」、「周易本義」、「書集傳」、「詩集傳」、「楚辭集註」、「太極圖說」、「通書解」、「西銘解」、「正蒙解」。由後人編纂的大部頭有「朱文公文集」一百卷，重要散篇論文皆收錄於文集中，又有「朱子語類」一四〇卷，前六卷代表他的哲學思想。

朱子在中國思想史上，等於是一座巨型的思想蓄水庫，以前的都一一流入其中，經過他的整理、消化、融攝與批判，賦以新的生命，呈現出有條理有統緒的新面貌。以後的思想，不論是贊同或反對，亦大抵是針對他而發。他不但是儒學復興史上最具關鍵性的人物，也是中國文化史上的巨人之一。朱子一生費心於學術和教育工作，他對於儒學的文獻做了全盤的整頓，並重新加以安排，提供了適合於全國各級教育的教材與教法，以下略述朱子在小學教育方面的貢獻。

一、**確立小學教育的地位**。朱子以前有小學教育之實，而無小學教育之名，自「小學」一書出現，始確立小學教育的地位。他理想的學制，是小學、大學兩級制。小學是指兒童教育，亦即今日的幼稚園到小學、國中的階段。考「小學」一書的編纂類例，皆由朱子親自決奪。而采摭之功，則以劉子澄爲多。案朱子以前，小學僅散見於經、傳、記，而未成書，自朱子編輯小學，兒童教育始有專門論著，是以朱子可說是我國第一位眞正的兒童教育的理論家。張伯行「小學集解」序云：

朱子以前，小學未有書，自朱子述之，而做人樣子在是矣。學者讀孔子之書，不以大學為之統宗，則無以知孔子教人之道，讀朱子之書，不以小學為之基本，則無以知朱子教人之道。（世界版，張伯行序）

二、教育目標。朱子認爲大學教育最高目的，在於培養聖賢。而以聖賢自任者，應以「復性」、「復初」及「道心主宰人心」爲主要目標，也就是要養成完善無缺的人格。而小學教育的目標則是應注重於日常生活、倫常道德之學習，於是他提出「童蒙須知」，以訓練全國兒童，又重訂家禮、鄉約，使儒學成爲普遍遵循的社會規範，可知朱子認爲小學是大學的基本，朱子「小學書題」云：

古者小學，教人以灑掃、應對、進退之節，愛親、敬長、隆師、親友之道，皆所以為修身、齊家、治國、平天下之本，而必使其講而習之於幼稚之時，欲其習與智長，化與心成，而無扞格不勝之患也。（見世界版「小學集解」，頁1）

而張伯行「小學集解」原序，有更詳細的說明：

小學集解卷之一

儀封張伯行孝先先生纂輯
受業李蘭汀倩甫校訂

內篇

許魯齋曰。內篇者小學之本原。外篇者小學之支流。

立教第一

凡一十三章。首一章立胎孕之教。次二章立保傅之教。次五章立學校政利之教。後五章立師弟子講習之教。

子思子曰。天命之謂性。率性之謂道。修道之謂教。則天明。遵聖法。述此篇。俾為師者知所以教。而弟子知所以學。

此立教之小序。實一部小學之大旨也。則法也。天明者。天之明命。卽仁、義、禮、智之理。所謂性也。遵循也。聖法。聖人之法。卽修道之教也。蓋聖人修道以立教。原本於天命之性。故首引中庸三句。以明立教之本。不假強為。亦因人之所固有者而品節之。以為天下萬世常行之道耳。自子思孟子以後。聖人之學失傳。由於聖人之教不立。或以俗儒之記誦詞章立教。或以佛老之虛無寂滅立教。或以管商之刑名術數。與夫百家衆技之支流偏曲立教。而聖人修道之教。反茫然不知為何事矣。學者雖苦心竭力。強識博聞。亦學其所學。非聖人之學也。故朱子述此。使為師者恪遵天命聖言以教人。不至貽誤子弟。敗壞人才。使為弟子者恪遵天命聖言以為學。不至錯走路頭。枉費工夫。然則此書雖為弟子而設。凡為師者皆宜熟讀而深思也。若不讀此。則不知所以教人

▶小學集解（見世界版，頁1）

朱子自謂一生得力，只看得「大學」透，而又輯「小學」一書者，以為人之幼也，不習之於「小學」，則無以收其放心，養其德性，而為「大學」之基本，蓋朱子教人之道，即孔子教人之道，學者有志聖賢，誠未有先於是書者也。……

夫「小學」大旨，前賢論之甚詳，余括其要而言之，不離乎敬之一字，故必於內、外兩篇，三百八十五章，章章節節，句句字字，看得敬字義理，次第分明，體之於身而實踐之，方知人之所以為人，以其身周旋於父子、君臣、夫婦、長幼、朋友之中，而心術、威儀、衣服、飲食，無不各有當然不易之則，修之則吉，悖之則凶，然後有以收其放心，養其德性，而大學之基本以立，苟不能敬，而存心處事，待人接物，有與此書相違者，則已失卻做人底樣子矣。失卻做人底樣子，而欲求入德之門，譬猶人之形體尚不全，而欲肩重大任以經營四方也，有是理哉！然則「小學」為「大學」之基本。（世界版，頁2～3）

三、教育的內容與方法。朱子以爲小學教育的目標，應注重於日常生活、倫常道德之學習，朱子認爲兒童教育祇宜於教以事之然，亦即教以現實的事務，使兒童能夠從而模仿。所謂現實的事務，亦即是教以灑掃、應對、進退之節，愛親、敬長、隆師、親友之道。朱子「童蒙須知」有序云：

夫童蒙之學，始於衣服冠履，次及言語步趨，次及灑掃涓潔，次及讀書寫文字，及有雜細事宜，皆所以當知。今逐目條例，名曰「童蒙須知」，若其修身、治心、事親、接物，與夫窮理盡性之要，自有聖賢典訓，昭然可考，當次第曉達，茲不復詳著云。（見中華版四部備要本「五種遺規」冊一，頁3）

申言之，「童蒙須知」非但標明教育的內容，且條例教育的方法。至「小學」，書成於淳熙十四年（西元一一八七年），是年朱子五十八歲，此書是他論兒童教育最精華的著作，是書凡內篇四：爲主敎、明倫、敬身、稽古；外篇二：爲嘉言、善行。亦可說是標明教育內容與方法。由此可知，朱子對小學教育方法的看法是：由躬行而入窮理，而躬行主要在於修身、處事、接物等，亦即是以現實的事務爲主。陳弘謀嘗說：

案前兩篇（指朱子白鹿洞書院揭示及朱子滄洲精舍諭學者）為學者定其綱宗，端所祈嚮，而蒙養從入之門，則必自易知而易從者始，故朱子既嘗綸次小學，尤擇其切於日用，便於耳提面命者，著「童蒙須知」，使其由是而循循焉，凡一物一則，一事一宜，雖主纖至悉，皆以閑其放心，養其德性，為異日進修上達之階，即此而在矣。吾願為父兄者，毋視為易知而教之不嚴，為子弟者，更毋

忽以為不足知而聽之藐藐也。（見中華版「五種遺規」，冊一「養正遺規」「童蒙須知」之案語，頁3）

又「小學題辭」：

小學之方，灑掃應對，入孝出恭，動罔或悖，行有餘力，誦詩讀書，詠歌舞蹈，思罔或逾。（見世界版，張伯行「小學集解」，頁2）

可惜的是：「誦詩讀書，詠歌舞蹈」，朱子並未多加著筆，蓋朱子教育主張由外入內，並未注意到兒童的心理需求。

四、所用教材。朱子對儒家文獻做了全盤的整頓，並重新加以安排，提供了適合於全國各級教育的教材與教法，其中小學教材，自當首推「小學」一書，張伯行於「小學集解」序云：

古者有大學、小學之教，八歲入小學，十五入大學。大學之書，傳自孔門，立三綱領，八條目，約二帝、三王教人之旨以垂訓。程子以為入德之門是也。而小學散見於傳記，未有成書，學者不能無憾。於是朱子輯聖經賢傳及三代以來之嘉言、善行，作小學書，分內外二篇，合三百八十五章，以主教、明倫、敬身、稽古為綱，以父子、君臣、夫婦、長幼、朋友、心術、威儀、衣服、飲食為目，使夫入大學者，必先由是而學焉，所謂做人底樣子是也。（見世界版，「小學集解」張伯行序）

其次的教材是「童蒙須知」。除「小學」及「童蒙須知」外，朱子又訂「曹大家女戒」、「溫公家範」爲教女子之書。而「弟子職」亦爲啓蒙之書。文集卷三十三「答呂伯恭」云：

「弟子職」、「女戒」二書，以溫公家儀系之，尤溪欲刻未及，而漕司取去，今已成書，納去各一本。初欲遍寄朋舊，今本已盡，所存只此矣，如可付書肆摹刻以廣其傳，亦深有補於世教。（中華版「四庫備要本」，「朱子大全」冊四卷三十三，頁21）

又孝宗隆興元年（西元一一六三年），朱子年三十四歲，曾有「論孟訓蒙口義」，爲啓蒙之書，是書已不傳，其「論語訓蒙口義序」云：

予既序次論語要義，……因為刪錄，以成此編。本之注疏以通其訓詁，參之釋文以正其音讀。然後會之於諸老先生之說，以發其精微。一句之義，繫之本句之下。一章之指，列之本章之左，又以平生所聞於師友而得於心思者，間附見一、二條焉。本末精粗，大小詳略，無或敢偏廢也。然本其所以作，取便於童子之習而已，故名之曰「訓蒙口義」。蓋將藏之家塾，俾兒輩學焉，非敢為他人發也。嗚呼！小子來前，予幼獲承父師之訓，從事於此二十餘年。材資不敏，未能有得。今乃妄意採掇先儒，有所取捨，度德量力，夫豈所宜。然施之汝曹，取其易曉，本非述作。以是庶幾其可幸無罪焉耳。……嗚呼！小子，其懋敬之哉。汲汲焉而毋欲速也，循循焉而毋敢惰也。毋牽於俗學而絕之，以為迂且淡也。毋惑於異端而躐之，以為近且卑也。聖人之言，大中至正之極，而萬世之標準也。古之學者，其始即此以為學，其卒非離此以為道。窮理盡性，修身齊家，推而及人，內外一致。蓋取諸此而無所不備，亦終吾身而已矣。舍是而他求，夫豈無可觀者，然致遠恐泥。昔者吾幾陷焉，今裁自說，故不願汝曹之為之也，嗚呼！小子，其懋戒之哉。（見中華版，「四部備要本」，「朱子大全」冊九卷七十五，

頁7～8）

總結以上所述，可知朱子對於兒童教育，無論是理論或實際，皆有無比的貢獻。他使儒家的基本經典成爲全國讀書人的基本教材，又爲這些教材提出可行的教法。他爲了使儒家對全國所有的人都能發生切實有效的影響，他提出「小學」、「童蒙須知」，以訓練兒童；又重訂家禮、鄉約，使儒家成爲普遍遵循的社會規範。宋以後儒家之成爲正統，是在這些廣泛的工作基礎上和運作的過程中，才逐漸建立起來的，如果朱子僅是一個哲學家，他怎能有產生那樣廣泛而深遠的影響？又怎能享有那樣崇高的地位？

朱子以後，即有人爲「小學」做註解，其中以清人張伯行集解最爲詳盡。並有人擬「小學篇」體裁著書。雖然屬於朱子系統的小學啓蒙教材，似乎僅流行於學者之間，而不爲一般塾師所接受。但我們知道，朱子的那種儒家教育精神卻已注入了基礎的兒童教育裡。朱子以後最足以爲理學家之主張代表者，當推程端禮「程氏家塾讀書分年日程」一書，該書卷一云：

> 八歲未入學之前，讀性理字訓（程逢原增廣者）。日讀字訓綱三、五段，此乃朱子以孫芝老能言，作性理絕句百首，教之之意，以此代世俗蒙求、千字文最

佳。又以朱子童子須知貼壁，於飯後使之記說一段。（見五十四年十二月臺一版商務版「叢書集成簡編」本，頁1）

程端禮，字敬叔，爲慶元時人（慶元元年爲西元一一九五年），傳朱子明體適用之指，卒年七十五。

朱子是理學的代表，而屬於民間的塾學，有關資料亦比以往稍多。「項氏家說」卷七「用韻語」條說：

古人教童子，多用韻語，如今「蒙求」、「千字文」、「太公家教」、「三字訓」之類，欲其易記也。「禮記」之「曲禮」，「管子」之「弟子職」，史游之「急就篇」，其文體皆可見。（見商務影印本「四庫全書珍本」「別輯」「項氏家說」冊二卷七，頁6）

又陸游「秋日郊居詩」：

兒童冬學鬧比鄰，據案愚儒卻自珍。

授罷村書閉門睡，終年不著面看人。（見世界版「陸放翁全集」下冊，頁413）

放翁自註：

農家十月乃遣子弟入學，謂之冬季。所謂「雜字」、「百家姓」之類，謂之村書。（同上）

宋人有幅「村童鬧學圖」（見下頁），正是把陸詩加以圖象化。今就世界版「陸放翁全集．劍南詩稿」裡，所見有關村學記載如下：

三冬暫就儒生學（放翁自註：村人惟冬三月遣兒童入學。）（同上，上冊。「觀村童戲溪上」，頁17）

幼學已忘那用忌。（放翁自註：鄉俗小兒女社日忌習業）（同上。社日，頁63）

恰似兒童放學時。（「蔬圃」絕句之四，頁230）

▶村童鬧學圖（見70年11月龍田版「中國古代服飾研究」下冊，頁305）

圖一二〇　宋——椎髮、東坡巾、長衫子、伏案打盹的村學先生，披髮或鵓角兒、對襟或交領短衣小頑童（宋人繪《村童鬧學圖》）

圖一二〇採自《天籟閣藏宋人畫册》。

更挾残書讀，渾如上學時。（同上，下冊，以下皆同。「書適」，頁424）

兒童夜誦聒比鄰（「閑居初冬作」，頁577）

未廢春農業，猶堪幼學師。（「自詒」，頁608）

抱書入家塾，自汝兒童詩。（「六經」，頁617）

黃卷青燈自幼童。（「示友」，頁678）

家塾讀書須十紙。（「示諸孫」，頁798）

幼學及時兒識字。（「山行贈野叟」，頁809）

諸孫入家塾，親為授三蒼。（「小雨」之二，頁815）

孝經論語教兒童，教兒童，莫匆匆。（「農事稍閒有作」，頁817）

家塾競延師教子。（「書喜」之二，頁852）

歸來講學暇，襏襫同春耕。（「寄十二姪」，頁872）

總角入家塾。（「幽居記今昔事十首以詩書從宿好林園無俗情為韻」之一，頁1049）

入學幼童忙。（「出遊」之二，頁1109）

項、陸均係南宋人，可見南宋時的啓蒙教材有「蒙求」、「千字文」、「太公家教」、「免園册」、「三字訓」、「雜字」、「百家姓」。「三字訓」，或即爲「三字經」之前身，雜字今不見，或即是新、舊唐書所收錄的「雜字」。當時啓蒙是注重識字、寫字，與品德修養，所以在用字的選擇上，要皆以生活所必須爲主，其中以「三字經」最爲有名，試分述如下：

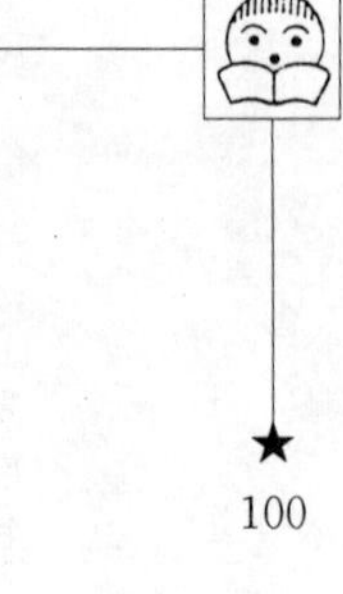

1 三字經

項安世所謂的「三字訓」，今無傳。今傳「三字經」，或稱元初有人就「三字訓」改寫。自元以後七百年中，「三字經」是最流行的啓蒙教材。

「三字經」相傳爲宋末王應麟作，亦有說是宋區適子作，「通俗編」卷二云：

蕭良有「龍文鞭影」，里中熊氏藏有大板「三字經」，明蜀入梁應井為之圖，聊城傅光宅為之序，較坊刻多敘元、明統系八句，乃知出於明人，究未知誰作也。明神宗居東宮時，曾讀是書，按趙南星集有「三字經註」一卷，其敘宋以後，亦多出數句，而與「鞭影」所述不同。近人夏之翰序王伯厚「小學紺珠」曰：「吾就塾時，讀三言之文，不知誰氏作，迨年十七，始知其作自先生。因取文熟復焉，而歎其要而該也。」或又曰：是書乃宋區適子所撰。適子字正叔，廣東順德人也。論其世則王與區俱不應敘及元、明，別本衍出之句，必屬明人意增，故是各不同耳。（見世界版，頁26）

真草隸篆 四體三字經

人之初 性本善 性相近 習相遠 苟不教 性乃遷

人之初 性本善 性相近 習相遠 苟不教 性乃遷

人之初 性本善 性相近 習相遠 苟不教 性乃遷

人之初 性本善 性相近 習相遠 苟不教 性乃遷

教之道 貴以專 昔孟母 擇鄰處 子不學 斷機杼

教之道 貴以專 昔孟母 擇鄰處 子不學 斷機杼

教之道 貴以專 昔孟母 擇鄰處 子不學 斷機杼

四體三字經

▶三字經（見70年8月老古版「國學初基入門」，頁1）

但觀文章語氣，必爲宋代遺民入元所作，則無疑問。書中云：「小學終，至四書。」四書始於南宋淳熙年間（約西元一一八〇年左右），則今傳「三字經」，非淳熙以前作品。又以「三字經」敍歷史世系云：「炎宋興，受周禪；十八傳，南北混。十七史，全在茲。」「十七史」之成書在宋代，而「十八傳，南北混。」則已說盡宋之世系。宋自太祖受禪至帝昺之在厓州，洽爲十八傳。元旣滅宋，始混南北，因此知「三字經」必爲宋亡以後所作。且「十八傳」後，但「南北混」，而不及元代隻字，又知爲宋代遺民所作，不願尊元之稱號。王應麟卒於元開國後二十年，區適子亦入元抗節不仕，二者實皆相似。而王應麟學問賅博，故後人多傳爲所作，區適子，廣東順德人，字正叔。

王應麟，字伯原，宋朝慶元府人（今浙江省慶元縣），生於宋寧宗嘉定十六年（西元一二二三年），卒於元成宗元貞二年（西元一二九六年），享年七十四歲，王氏自小就聰明異常，九歲通六經，學問廣博，淳祐元年（西元一二四一年）舉進士，官至禮部尚書兼給事中，忠直敢言。因上疏不報，遂東歸，後二十年卒。王氏是宋朝的著名學者，作品很多，有「深寧集」一百卷、「玉堂類稿」二十三卷、「掖垣類稿」二十二卷、「詩考」五卷、「詩地理考」五卷、「漢書·藝文志考證」十卷、「通鑑地理考」一百卷、「通鑑地理通釋」十六卷、「通鑑答問」四卷、「困學紀聞」二十卷、「集解踐阼篇」、「補注急就篇」六卷、「補注王會篇」、「玉海」二百卷、「詞學指南」四卷、「詞學題苑」四十卷、「筆海」四十卷、「姓氏急就篇」六卷、「漢制考」四卷、「六經天文編」六卷、「小學紺珠」十卷、「蒙訓」七十卷、「小學諷詠」四卷。(以上詳見「宋史」卷四三八,「儒林傳・八王氏本傳」)

「三字經」的編寫,甚爲精采,可說是介於理學系統與通俗系統之間,他的思想不拘泥於宋儒的理學範圍,書中備述做人方針,爲學次第,而無一語道及心性致知格物之說。全書三百五十六句,每句三字,詞淺義深,音韻自然,讀起來順口且易記,故適合兒童學習。該書內容包含甚廣,首從人性談到教育的重要,並列舉例說明。繼則舉述普通常識,如方向、四季、三綱、五常、人倫、數字等等。繼則列舉四書、五經,分別學其名稱要義。繼則敍述歷史,依朝代先後,擇要舉出史實,最後詳述學習方式,舉出古代名學童學習成就,以爲示範;兼以物爲喻,鼓勵兒童奮發向上。

總之,這是一本綜合性的兒童教材,把語文、常識、公民、國學、歷史、學習精神等彙合編成;文字富有啓發性,詞義含有感情,的確是一部最佳的兒童教材。此書歷史部分,元、明、清三代,都經過增補;最後是民國十七年章炳麟加以改訂。章氏「重訂三字經題辭」云:

三字經者。世傳王伯厚所作。其敘歷代廢興。本迄於宋。自遼金以下。則明、清人所續也。其書先舉方名事類。次及經史諸子。所以啟導蒙穉者略備。觀其分別部居。不相雜厠。以校梁人所集「千字文」。雖字有重複。辭無藻采。其啟人知識過之。即「急就章」與「凡將篇」之比矣。余觀今學校諸生。幾並五經題名。歷朝次第而不能舉。而大學生有不知周公者。乃欲其通經義。知史法。其猶使眇者視。跛者履也歟。今欲重理舊學。使人人誦詩書。窺紀傳。吾之力有弗能已。若所以詔小子者。則今之教科書。因弗如「三字經」遠甚也。間常舉以語人。漸有信者。然諸所舉人事部類。其切者猶有未具。明、清人所增尤鄙。於是重為修訂。所增入者三之一。更定者亦百之三、四。以付家塾。使知昔儒所作。非苟而已也。(見世紀書局版,「注解三字經」)

今人李牧華有「注解三字經」(七十年五月世紀書局出版)

2 百家姓

「百家姓」成書於宋初,較「三字經」約早三百年,陸游詩曾提過,可見「百家姓」當時已盛行。王明清與陸游同時，王氏在「玉照新志」卷五曾考證說：

市井間所印「百家姓」，明清嘗詳考之，似是兩浙錢氏有國時小民所著。何則？其首云：「趙錢孫李」，蓋趙氏奉正朔，趙氏乃本朝國姓，所以錢次之，孫乃忠懿之正妃，又其次則江南李氏。次句云：「周吳鄭王」，皆武肅而下后妃，無可疑者。（見新興版「筆記小說大觀」四編冊三，頁1465）

又翟灝「通俗編」卷二亦引「玉照新志」說法，並引申說明：

「玉照新志」：「百家姓」是兩浙錢氏有國時小民所著。蓋趙乃本朝國姓，錢氏奉正朔，故以錢次之，孫乃忠懿王之正妃，其次則南唐李氏。次句「周吳鄭王」，皆武肅而下嬪妃也。戒菴漫筆「百家姓」，單姓四百零八，複姓三十。近見有包括謎子詩，末題至正三年中，吳王仲端引「百家姓」，盡包成謎，其複姓乃有四十四，與今本不同，按陸放翁詩自注：「農家十月，乃遣子入學，所讀雜字，百家姓之類，謂之村書。」則「百家姓」之有自宋前無疑也，陳振孫「書錄解題」有「千姓編」一卷，不著撰人，末云：嘉祐八年采真子記。又明洪武時，

校正真草隸篆四體百家姓

趙錢孫李
周吳鄭王
馮陳褚衛
蔣沈韓楊
朱秦尤許
何呂施張
孔曹嚴華
金魏陶姜

趙錢孫李
周吳鄭王
馮陳褚衛
蔣沈韓楊
朱秦尤許
何呂施張
孔曹嚴華
金魏陶姜

趙錢孫李
周吳鄭王
馮陳褚衛
蔣沈韓楊
朱秦尤許
何呂施張
孔曹嚴華
金魏陶姜

趙錢孫李
周吳鄭王
馮陳褚衛
蔣沈韓楊
朱秦尤許
何呂施張
孔曹嚴華
金魏陶姜

▶百家姓（見70年8月古老版「國學初基入門」，頁33）

翰林編修吳沈等，據戶部黃冊，編為「千家姓」以進，傳之天下，詳「楊升菴外集」。（見世界版，頁26。）

「百家姓」以姓氏編爲韻語，所謂「百家」，並非單指百家，而是多數的概稱。「百家姓」以四字爲句，隔句押韻，計有五百六十八個字，爲五〇九個姓，語法組織，沒有文義，前部爲單姓，後部爲複姓，但姓氏編寫先後是有一定秩序的。此書旨在授兒童以各家姓氏，僅是爲識字用。清黃九煙編之成文，甚爲有妙趣，王石農成「百家姓鑑編」，更爲工巧。又有康熙御製「百家姓」，首云：「孔師闕黨，孟席齊梁。高山詹仰，鄒魯榮昌。冉季宗政，游夏文章。」以下盡取孔孟行事實之，惜不傳於世。陳振孫「書錄解題」卷八有「千姓編」一卷，解題云：「不著名氏，末云：嘉祐八年采眞子記。以姓苑姓源等書撮取千姓，以四字爲句，每字一姓，題曰：千姓編，三字亦三姓也。逐句文義，亦頗相屬，殆千字文之比云。」（見商務版「人人文庫本」特號五八二中册，頁223。）又明洪武十五年五月，翰林院編修吳沈，典籍劉仲實、吳伯宗據戶部黃册編爲「千家姓」以進，以「朱奉天運」起文，楊升肆意詆毀。曾國藩又重作五百家姓，凡單姓、複姓共五百家，而字則兩千餘，每句首冠以姓，其下即加二字或三字，就姓之義聯屬成句。曾氏曾在江寧刻印，其書今亦不傳（見柴萼「梵天廬叢錄」，新興版

「筆記小說大觀」十七編有收錄），故仍以原本「百家姓」爲最流行。

3 神童詩

神童詩，是宋汪洙所作，汪洙「宋史」無傳。

朱國禎「湧幢小品」卷二十四「神童詩」條記載如下：

汪洙，字德溫，鄞縣人，九歲善賦詩，牧鵝黌宮，見殿宇頹圮，心竊歎之，題曰：「顏回夜夜觀星象，夫子朝朝雨打頭。萬代公卿從此出，何人肯把俸錢修。」上官奇而召見，時衣短褐以進，問曰：「神童衫子何短耶？」應曰：「神童衫子短，袖大惹春風，未去朝天子，先來謁相公。」世以其詩詮補成集，訓蒙學，為汪洙「神童詩」。登元符三年進士（西元一一〇〇年），仕至觀文殿大學士，謚文莊，仁厚忠孝，著聞於時。子思溫、思齊，孫大猷，皆至大學士。（見新興版「筆記小說大觀」正編冊三，頁2069）

又「寧波府志」亦記載此事。實際上，「神童詩」一書，僅前二、三頁爲汪詩，其

▶神童詩影印本

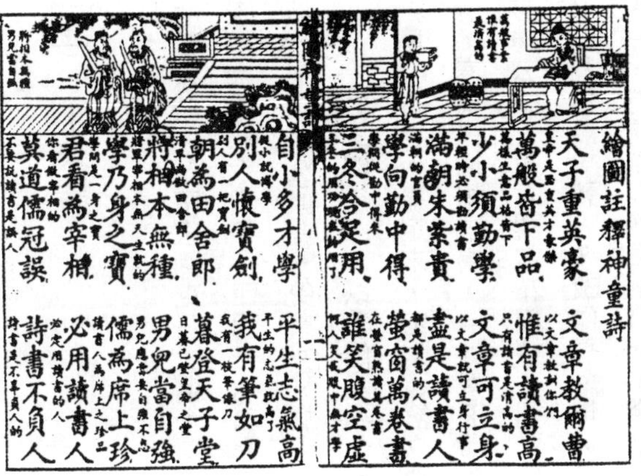

繪圖註釋神童詩

天子重英豪，文章教爾曹。
萬般皆下品，惟有讀書高。
少小須勤學，文章可立身。
滿朝朱紫貴，盡是讀書人。
學向勤中得，螢窗萬卷書。
三冬今足用，誰笑腹空虛。
自小多才學，平生志氣高。
別人懷寶劍，我有筆如刀。
朝為田舍郎，暮登天子堂。
將相本無種，男兒當自強。
學乃身之寶，儒為席上珍。
君看為宰相，必用讀書人。
莫道儒冠誤，詩書不負人。

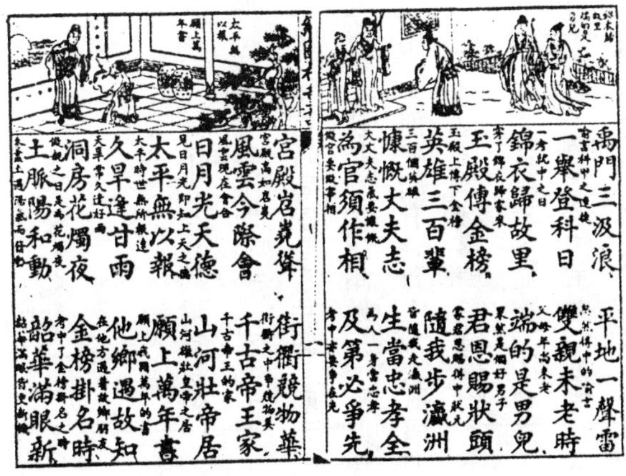

禹門三汲浪，平地一聲雷。
一舉登科日，雙親未老時。
錦衣歸故里，端的是男兒。
玉殿傳金榜，君恩賜狀頭。
英雄三百輩，隨我步瀛洲。
慷慨大夫志，生當忠孝全。
為官須作相，及第必爭先。
宮殿岧嶢聳，街衢競物華。
風雲今際會，千古帝王家。
日月光天德，山河壯帝居。
太平無以報，願上萬年書。
久旱逢甘雨，他鄉遇故知。
洞房花燭夜，金榜掛名時。
土脈陽和動，韶華滿眼新。

後則雜採他詩以補之。

4 千家詩

「千家詩」是南宋劉克莊所編。劉氏字潛夫，號後村，莆田人（今福建省縣名），生於宋孝宗淳熙十四年（西元一一八七年），卒於度宗咸淳五年（西元一二六九年），享年八十三歲，從眞德秀受業。父彌正，官至吏部侍郎。克莊於寧宗嘉定年間（西元一二〇八～一二二四年），以蔭仕建陽令，與錢塘陳起友善，陳起刊「江湖集」，及克莊「南嶽稿」行世。嘉定末，史彌遠擁立理宗，又殺濟王竑，而陳起有詩云：「秋風梧桐皇子府，春風楊柳相公橋。」哀濟王邸而譏史彌遠，諫官併克莊「詠落梅」詩論列（案此詩有句云：「東君謬掌花權柄，卻忌孤寒不主張。」）二人皆坐罪，並毀「江湖集」版，又詔禁作詩，詩人多改作長短句。史彌遠死，詩禁始解。理宗淳祐元年（西元一二四一年），特賜克莊同進士出身，除秘書少監，官至龍圖閣學士。諡文定。克莊詩名特盛，「四庫提要」許爲江湖詩派之領袖。著作有「後村集」五十卷，「後村詩話」前集二卷、後集二卷、續集四卷、新集六卷，「後村別調」一卷。（生平事蹟詳見商務影印「四部叢刊初編本」、「後村先生大全集」卷一百九十四行述，及卷一百九十五墓誌

新撰白話註解千家詩卷一

信州 謝疊山精選

杭州 黃朗軒譯註

五絕

春眠　孟浩然

春眠不覺曉，處處聞啼鳥，夜來風雨聲，花落知多少。

註 (一)眠當睡字解。(二)孟浩然號叫浩然，唐朝人。因為在春夜安睡，做這首詩。(三)曉就是天亮時候。(四)啼當鳴字解。

解 我在春天夜裏安睡着，到了第二天早晨，還不覺得天亮，想到昨夜的風聲和雨聲，不知道被風吹下來的花，究竟有多少呢？

訪袁拾遺不遇　前人

洛陽訪才子，江嶺作流人，聞說梅花早，何如此地春。

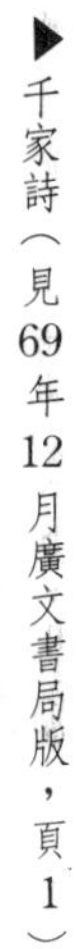

千家詩（見69年12月廣文書局版，頁1）

銘）

「千家詩」的成書早於「唐詩三百首」，且一直擁有廣大的讀者羣，可是卻一直受到詬病，其實這種現象是可以理解的，「千家詩」之所以受到歡迎，是在於它的淺顯、通俗、易於成誦，因此流傳不廢。是以遭受詬病，乃在於編選刊者不甚留意，以致於產生許多錯誤，更因爲年代久遠，史料闕如，有些錯誤，已難以復原。

「千家詩」是採唐、宋名家作品千首，名爲千家詩，皆屬近體，爲兒童初學而設，其編排次序，首爲五絕，次爲五律，再次爲七絕，最後爲七律。此書爲元、明、清三代小學教材，不過後世坊間的「千家詩」，大半從「千家詩」中選錄而成，詩僅數十首，而仍以「千家詩」爲名，淸人翟灝「通俗編」卷二曾對「千家詩」的編選與損益有所說明：

> 宋劉後村克莊，有分門纂類唐宋千家詩選，所錄惟近體，而趣尚顯易，本為初學設也。今村塾所謂千家詩者，上集七言絕八十餘首，下集七言律四十餘首，大半在後邨選中，蓋據其本增刪之耳，故詩僅數十家，而仍以千家為名，下集綴明祖送楊文廣征南之作，可知其增刪之者，乃是明人。（見世界版，頁27）

笠翁對韻上卷

一東

天對地雨對風大陸對長空山花對海樹赤日對蒼穹雷隱隱霧濛濛日下對天中風高秋月白雨霽晚霞紅牛女二星河左右參商兩曜斗西東十月塞邊颯颯寒霜驚戍旅三冬江上漫漫朔雪冷漁翁

其二

河對漢綠對紅雨伯對雷公烟樓對雪洞月殿對天宮雲靉靆日曈曨蠟屐對漁篷過天星似箭吐魄月如弓驛旅客逢梅子雨池亭人挹藕花風茅店村前浩月墜林雞唱韻板橋路上青霜鎖道馬行蹤

其三

新鐫千家詩五言絕句卷一

山左　成文信書坊　重輯

春曉　浩然襄陽人開元中隱居鹿門山　孟浩然

春眠不覺曉　處處聞啼鳥　夜來風雨聲　花落知多少

此先生高隱自得不求聞達而不係情于世務之寓言也言方春暮猶寒日高而始寤不覺其曉但聞窗外啼鳥之聲因想昨宵枕上風雨之聲不絕將花吹落不知多少因風雨而戀眠聞鳥聲而未起任花落而不知其蕭然閒適之情可想見矣

訪袁拾遺不遇　前人

洛陽訪才子　江嶺作流人　聞說梅花早　何如此地春

江嶺江西之庾嶺流人有罪而流放于嶺外也○浩然訪友不遇傷其被放而作也拾遺洛陽人浩然之友特至洛陽訪之不意袁已被罪免官而流放于嶺外矣故作詩寄之庾嶺地暖梅花早開故曰聞說嶺梅雖早豈如故園春色之可樂哉惜天才子之不幸也

笠翁對韻上卷　千家詩卷一　五言絕句

▶詳解千家詩（見69年12月廣文書局版，頁1）

目前坊間「千家詩」選本，以老古文化事業公司出版「國學初基入門」的「五彩繪圖千家詩註釋」較優，該書註明謝枋得選，王晋升註，鄭漢梓行。又廣文書局有「白話注解千家詩」，爲謝枋得選，黃朗軒譯註，並附有韻對，詩品評註及插圖，但與前書內容又有不同，廣文另有「詳解千家詩」，標示爲山左成文信書坊重輯，附韻對，詩品詳解。可見「千家詩」選本一般都題作謝枋得編選。

謝氏是宋末人，字君直，疊山是他的號，信州弋陽人（在江西省弋陽縣），生於宋理宗寶慶二年（西元一二二六年），爲人豪爽，寶祐四年（西元一二五六年）中進士，做過福建建寧府的教授，江西招諭使。一度曾由於指摘奸相賈似道的政事，被貶。宋亡以後，隱居福建。元世祖至元二十三年以後，屢次有人推薦他出去做官，他都辭而不就。至元二十六年（西元一二八九年），福建行省參政爲了邀功，勉強送他上京，枋得到了京師，消極抗議，不食而死，年六十四歲。著作傳世的有：「疊山集」十六卷，「文章軌範」七卷。又「四庫未收書目」裡還有他的「注解二泉選唐詩。」（謝氏生平見「宋史」卷四百二十五，列傳第一百八十四）所以坊間的「千家詩」節本題他選輯的，或有可能。不過，無論如何這本「千家詩」還是值得我們重視的，蘇樺先生的理由如下：

1、一般都認為詩是中國文學中最特出的一種作品。我們現在所能看到的最古的是「詩經」，還有時代和作者不詳的「古詩十九首」。至於近體詩，大致上說孕育於六朝，大盛於李唐，繼續發展於宋後。唐詩絢爛，宋詩清新。這本小書，從唐、宋各家淺顯的近體詩入手，以期培養兒童從顯易的韻文誦讀入手，進而為以後的文學欣賞打基礎，作法可取。

2、以往的兒童讀物，雖然也都採用韻語編次，如「千字文」等大體上以作識字讀本為主；如「蒙求」等又著重於由傳授故實進而了解文史知識；只有「千家詩」是以陶冶性情，啟迪心智為目的的純文學讀物。對於從事兒童文學研習的人來說，這是一種最值得留意的古典兒童讀物。

3、即使在現代，大家對舊詩都相當陌生，也沒有必要作近體詩，但是由於這些選詩音韻和諧、內容顯易、詞句優美，所詠的風俗物情，又都足以使兒童增進對固有文化和文物的認識和了解。如果能夠指導他們從小逐日利用極短極少的時間來熟讀默誦、吟味涵詠，以後長大，知識發達了，體味越深，得益越多，費力小而功效著，實在值得推行。（見六十六年十月九日「國語日報·兒童文學周刊」285期）

至於劉後村「千家詩」，目前亦漸受重視，今人黃文吉有「千家詩詳析」刊行（六十六年九月，國家書店出版），詳析本在每首詩之下，分爲作者、注釋、語譯、講析等四部份。另有李覺譯的「千家詩今譯」本。（天華出版社出版）

當時學童既讀詩，當然也學作對子，宋人王明清「玉照新志」卷一：

元祐三年，東坡先生自翰苑出牧錢塘，道毗陵之洛社。時孫仲益之父教村童於野市茅簷之下，仲益方七、八歲，立於岸側，東坡見奇之，呼來前與語，果不凡，詢其所學，方為七字對矣。與之題云：「衡茅稚子璠璵器」。仲益隨聲應之云：「翰苑心人錦繡腸。」大加賞嘆，贈之以縑酒。囑其父善視之。後來果為斯文之主盟。（見新興版「筆記小說大觀」四編冊三，頁1420）

5 二十四孝

「二十四孝」是元朝郭居敬所撰。郭氏生平不見於「元史」、「新元史」，祇見於福建省的「大田縣志」和「尤溪縣志」，兩志所述，只在籍貫上有出入，其他的事跡大部分雷同，尤溪縣是朱子出生地。考尤溪縣在晋代，本爲延平縣的山洞，唐開元二十二年（西元七三四年），經略史唐修宗招諭其民，高伏請以千戶入版籍，二十九年始開拓置縣。而大田縣，本爲尤溪縣地，明嘉靖十四年（西元一五三五年），才割尤溪縣十四都，永安縣一都，漳州府漳平縣一里十社，泉州府德化縣黃認一圖，凡四十圖，始新添出大田縣來。如此就可解釋，爲什麼「尤溪縣志」說他是尤溪縣「九都小村」人；而「大田縣志」又說他是大田縣「四十五都厝平」人了。因爲郭氏原本是尤溪縣人，後來到明代，尤溪「九都小村」畫歸入大田縣，所以他又變成大田縣民了。以下試轉錄「古今圖書集成·學行典(二)」第一百九十二卷「孝第部·名賢列傳」十四：

郭居敬：案「尤溪縣志」，郭居敬八都小村人，篤學好吟咏，詩文不尚富麗，性篤孝，事親左右，承順得其歡心，既沒，哀毀盡禮，常摭虞、舜而下二十四人孝行之概，序而為詩，用訓童蒙。時虞集、歐陽伭諸公欲薦於朝，敬力辭不就，終身隱居小村，以處士終，祀鄉賢。（五十三年十月文星版冊七十四，頁888）

據說他爲了紀念死去的父母，也爲敎年輕人懂得孝順，所以就收集了虞、舜而下二十四人的孝行事略，敍述他們的事蹟，並各綴一首小詩，以廣流傳。

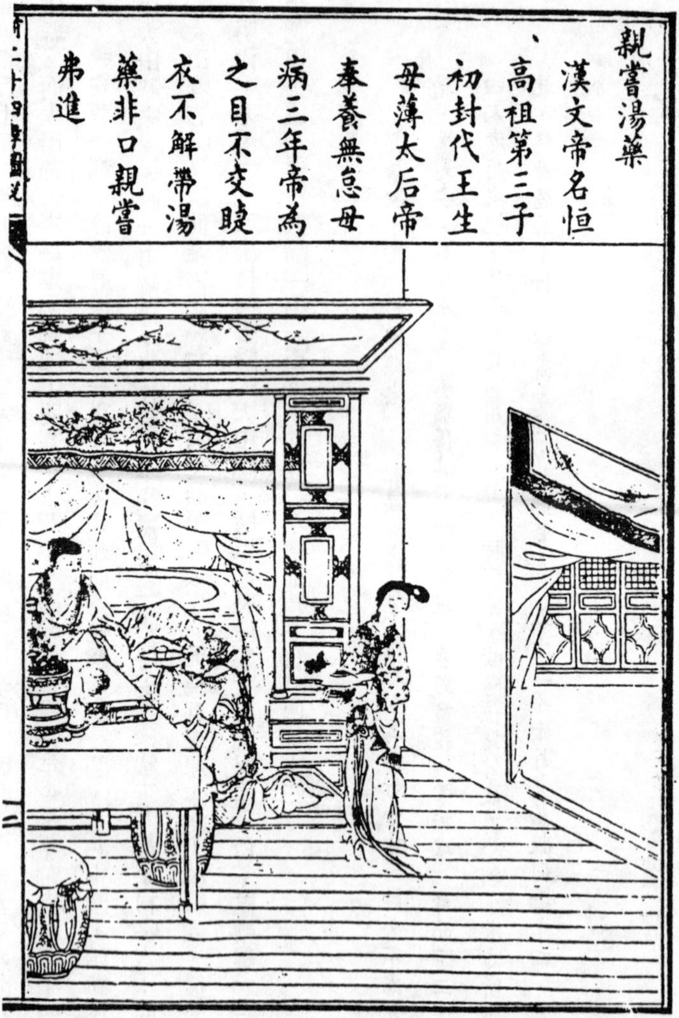

親嘗湯藥

漢文帝名恒、高祖第三子初封代王生母薄太后帝奉養無怠母病三年帝為之目不交睫衣不解帶湯藥非口親嘗弗進

◀二十四孝圖說（見70年12月廣文版「二十四孝考」）

親嘗湯藥

代邸興王略○恂恂禮制詳○病魔親偶染○藥餌子先嘗○艾畜三年久◎蒲分九節◎香符曾膺赤伏◎術不悞青囊◎甘苦情原共◎君臣辨豈忘◎咀含餘味永◎調劑寸衷忙◎意本烏私切◎心還鴆毒防◎春秋誅許止◎比例德彌彰◎

當時的大學者虞集和歐陽玄，曾經推薦他入朝做官，都爲他所辭絕，他終身隱居小村地方，去世以後，還入祀於鄉賢祠，人們把他所住的地方稱爲「秀才灣。」

虞集於大德初（西元一二九九年）薦授大都路儒學教授，歐陽玄於延祐中（西元一三一五年）登第。照此推算，郭居敬也應該是元仁宗、英宗間的人（約西元一三〇〇年～一三六〇年左右）。

以這樣一位學問不錯，文筆也相當，而又篤實踐履的孝子，來寫「二十四孝」這樣的小書，應該是不錯的，而今卻遭受多方非議，這實在是時代限制了作者的思想使然。在報刊上談論中，可見較具客觀與建設性的文章如下：

平心談「二十四孝」　蘇樺　國語日報．兒童文學周刊第346期　67、12、10

郭居敬與二十四孝　蘇樺　國語日報．兒童文學周刊第347期　67、12、17

二十孝故事探源（上、中、下）　蘇樺　國語日報．兒童文學周刊第351、352、354期　68、1、14；1、21；2、11。

二十四孝與三十六孝故事的內容分析　楊孝濚　青少年兒童福利學刊第3期　69、6、15　頁16～25。

又廣文書局印有「二十四孝考」一書（與校正今文「孝經」合印，七十年十二月初版），「二十四孝考」是道光十五年（西元一八三五年）瞿中溶所撰，廣文本並附有前後二十四孝圖說。除外，又有勸世老人「繪圖孝經故事全集」（漢聲出版社，六十二年八月初版），亦爲二十四孝故事之引申。而今人吳延環則有「三十六孝」的撰述。（黎明文化事業公司出版，六十八年九月初版）

至於所謂二十四孝是指：孝感動天的舜，親嘗湯藥的漢文帝，嚙指痛心的曾參，單衣順母的閔損，負米養親的子路，賣身葬父的董永，鹿乳奉親的郯子，行庸供母的江革，懷橘遺親的陸績，乳姑不怠的唐夫人，恣蚊飽血的吳猛，臥冰求鯉的王祥，爲母埋兒的郭巨，搤虎救親的楊香，棄官尋母的朱壽昌，嘗糞憂心的庾黔婁，戲彩娛親的老萊子，拾椹供親的蔡順，扇枕溫衾的黃香，湧泉躍鯉的姜詩，聞雷泣墓的王裒，刻木事親的丁蘭，哭竹生筍的孟宗，滌親溺器的黃庭堅。

以上所述，是屬於通行的教材。又就「宋史．藝文志」所錄（卷二〇二～二〇九），可見或爲啓蒙教材者如下：

呂祖謙家塾讀詩記三十二卷

楊彥齡左氏蒙求

◀繪圖孝經故事全集（見62年8月漢聲版，頁62~63）

李密上表陳情

晉。李密。官太子洗馬。念祖母年老且病。常在牀褥。親侍湯藥。未敢稍離。上表辭官歸養。大概其詞曰。臣年四歲。父母繼亡。祖母劉氏。憫臣孤弱。躬親撫養。但劉氣息奄奄。朝不慮夕。臣無祖母。無以至今日。祖母無臣。無以終餘年。祖孫二人。相依爲命。臣今年四十有四。祖母劉今年九十有六。是臣盡職於陛下之日長。而報祖母之日短也。烏鳥私情。願乞終養。帝嘉其誠。賜奴婢二人。服事其祖母。並使郡縣供其俸膳焉。

王鄒彥春秋蒙求五卷
薛季宣論語小學二卷
千字文卷　梁周興嗣次韻
吳玕童訓統類一卷　又字始連環二卷
呂本中童訓三卷
史皓童丱須知三卷
朱熹小學之書四卷
程瑞禮小學字訓一卷
胡寅注敘古千文一卷
呂氏敘古千文一卷
諸家小學總錄二卷
洪邁次李翰蒙求二卷
集齋彭氏小學進業廣記一卷
王應麟蒙訓四十四卷、小學諷詠四卷、補注急就篇六卷（以上見鼎文版「宋史」冊六，卷二〇二）
呂氏家塾通鑑節要二十四卷

呂希哲呂氏家塾廣記一卷（同上，見卷二〇二）
彭龜年止堂訓蒙二卷（同上，見卷二〇四）
張時舉弟子職、女誡、鄉約家儀鄉儀一卷
李宗思尊幼儀訓乙卷
李新塾訓十三卷（同上，見卷二〇五）
女孝經一卷　侯莫陳邈妻鄭氏撰
鄒順廣蒙書十卷
雷壽之漢臣蒙求二十卷
李伉系蒙求十卷
王殷範續蒙求三卷
王先生十七史蒙求
鄭氏歷代蒙求一卷
孫應符初學須知五卷
邵笥賡韻孝悌蒙求二卷
范鎮本朝蒙求二卷
劉珏兩漢蒙求十卷

吳逢道六言蒙求六卷

徐子光補注蒙求四卷、又補注蒙求八卷。

葉才老和李翰蒙求三卷

葉征夫西漢蒙求二卷

胡宏敘古蒙求一卷（同上，見卷二〇七）

杜嗣先兔圖策府三十卷（同上，見卷二〇九）

四言雜字（同上，見卷四八五，夏國傳上）

肆　明、清時代的啓蒙教材

明、清兩代，兒童教育較前發達，而王陽明對於兒童教育的理論，發揮至為詳盡，可說是朱子之後的巨擘，其中「訓蒙大意示教讀劉伯頌等」一文最能代表他的兒童教育理論。任時先在「中國教育思想史」一書裡，列有「宋、元、明的兒童教育」一節，並分析王陽明「訓蒙大意」，謂其兒童教育的方案如下：

一、兒童教育的目的是：「蒙以養正」。

二、兒童教育的原則是：「孝、弟、忠、信、禮、義、廉、恥。」

三、兒童教育的教材是：「誘之歌詩，以發其志意；導之習禮，以肅其威儀；諷之讀書，以開其知覺。」

四、教學法上的注意點是：

第一、注意了解兒童的心理性情，使其自然發展，而達到「趨向鼓舞，中心喜悅」的境地。

第二、注意兒童的心性的陶冶。

第三、注意兒童身體發育的健全，平時「以周旋揖讓而動其血脈，拜起屈伸而固束其筋骸。」

第四、注意兒童心志的潛化，日使之漸於禮義而不覺其苦難，自然而然養成健全的人格。（見商務版，頁232）

總之，王陽明最能理解兒童心理，所以對於兒童教育的理論得之亦深，可說是「自兒童出發」的教育理論。他認爲對兒童的教育，在於順自然，因勢利導，反對拘束。而更重要的是他教兒童唱詩。他認爲是唱詩，可以「洩其跳號呼嘯於詠歌，宣其幽抑結滯於音節」。他在贛南爲各縣社學規定教約，關於兒童的唱詩，有種種的設計。他認爲兒童期是人生的春天，在王陽明的心目中該是充滿了陽光、歡躍和歌唱。王陽明非常重視詩歌的教化作用，音樂和優美的詩可以使兒童幼小的心靈充滿了對宇宙、對人生的希望和美感，這也是順乎兒童的本性和自然生長的法則。

明朝呂近溪作過「小兒語」，他的兒子呂新吾作過「續小兒語」，都是專爲兒童編的格言詩，大概是受了王陽明的影響。但由於形式簡短（五七言絕句），而意思卻深遠隱晦，雖然文句淺顯，並不爲兒童所接受。至於清朝陳宏謀輯「五種遺規」，第一種即「養正遺規」，收有王陽明的「訓蒙教約」，並在「訓蒙教約」以後，附錄古人名詩數十首，係就汪薇所撰的「詩倫」錄入。「養正遺規」爲我國兒童教育重要文獻，試轉錄其收錄文獻如下：

卷上

朱子白鹿洞書院揭示
朱子滄州精舍諭學者
朱子童蒙須知
朱子論定程董學則
陳北溪小學詩禮
真西山教子齋規
方正學幼儀雜箴
高提學洞學十戒

卷下

顏氏家訓勉學篇

朱子讀書法
朱子治家格言
呂近溪小兒語
呂新吾續小兒語
陸桴亭論小學　論讀書

補篇

諸儒論小學
程畏齋讀書分年日程
陳定宇示子帖
王文成公訓蒙教約
屠副使童子禮
呂新吾社學要略
張揚園學規
陸清獻公示子弟帖
張清恪公讀養正類編要言
唐翼修文師善誘法

陳宏謀，清乾隆時人（生平事蹟詳見「清史」卷三百八，國防研究院册六，頁4165～4167），字汝咨，廣西臨桂人。曾利用公餘編輯「五種遺規」。「五種遺規」是我國古代仕宦之家家教的重要教材之一，它是一部家教的彙編本。它由「養正遺規」、「教女遺規」、「訓俗遺規」、「從政遺規」、「在官法戒錄」五部分組成。前三者皆有關於兒童的教育，其中尤以「養正遺規」最重要，取「蒙以養正」之義，因此他所收集的資料，皆屬典雅義正之類，但都沒有實際成爲兒童啓蒙之書。就明、清兩代，兒童啓蒙教材，除宋、元所用教材外，有「朱子治家格言」、「唐詩三百首」、「故事瓊林」、「昔時賢文」，並有專爲女子編的教材「女兒經」，茲分述如下：

1 新編對相四言

六十一年四月二日「國語日報・兒童文學」周刊創刊號上，有篇「我國最早的看圖識字」，作者題名千里，該文介紹流失於國外的一本「新編對相四言」，試引錄原文如下：

我國早期的兒童讀物，大家知道的有「三字經」和「百家姓」等啟蒙書，至於最早的「看圖識字」，我們就不大注意了。許多年前，胡慕爾博士（Arthur W. Hummal）在著錄美國國會圖書館所藏的一本「新編對相四言」時，他認為可能是中國最早的一本「看圖識字」。他在「國會圖書館館刊」上發表說：

「……它不但是現在存有的早期兒童讀本之一，而且比起西方世界裡奧國的教育家「柯米尼亞斯」所編的第一本兒童讀物天地萬物（英文譯為The Visible World）還要早一個世紀。天地萬物出版在一六五八年，新編對相四言是在一四三六年出版。」

在哥倫比亞大學圖書館館藏的一本，被確定可能是一四三六年的原版。書中有原藏書人的題跋：

「此宋本課兒童，看圖識字當時已用此法，共二十八頁，三百八十八字，三百零八圖。傳留至今，完全無缺，頗不易得。內中不惟筐字缺末筆，所取材料皆有時代關係，頗堪令人玩味也。時壬戌秋七月既望『蔭庭於巍園』。題跋人為祝伯子，字椿年，號蔭庭。題跋時間是在一九二二年。他以書中『筐』字缺末筆為根據，斷為宋代之書。因為『筐』字與宋趙匡胤之『匡』避諱情形，在古書中是最常見之事。這在圖書板本學上，是斷定書之刊刻年代的方法之一。但這有時不一定可靠，妄人故意作假，冒充某一時代之書的也有。所以又有人以書中之『算盤』圖，作為最好的證明，判定它是明初的板本。因為算盤在明初才開始流行。不管是宋代的也好，是明代的也好，那要留待圖書板本學家去仔細考證。我們可以斷定的是，它在我們知道的所有早期兒童讀物中，是最早的一本看圖識字，這是毫無疑問的了。」

這本書的排列是以意思相同的字連在一起，如在第一頁中有「天雲雷雨日月斗星，江山水石路井牆城」，一字一圖，和今日一些兒童圖畫字典相同。我們看到這本書，就會想起我們今日的兒童讀物，其中確有一些實在不比這本古老的「新編對相四言」進步多少。我們的兒童讀物就是有再久遠的歷史，那也只是過去的光榮。介紹這本書，只是在提供一點值得重視的史料。我們該怎樣使我們的兒童讀物更進步？那就是要趕快脫離那古老的「對相四言」圈子，創造新的中國兒童讀物。

目前史志尚未見有關「新編對相四言」的記載。但是「國立中央圖書館善本書目」（五十六年十二月增訂本）冊一「啓蒙之屬」收有此書：

新編相對四言一卷　不著編人　明刊黑口本　北平（頁91）

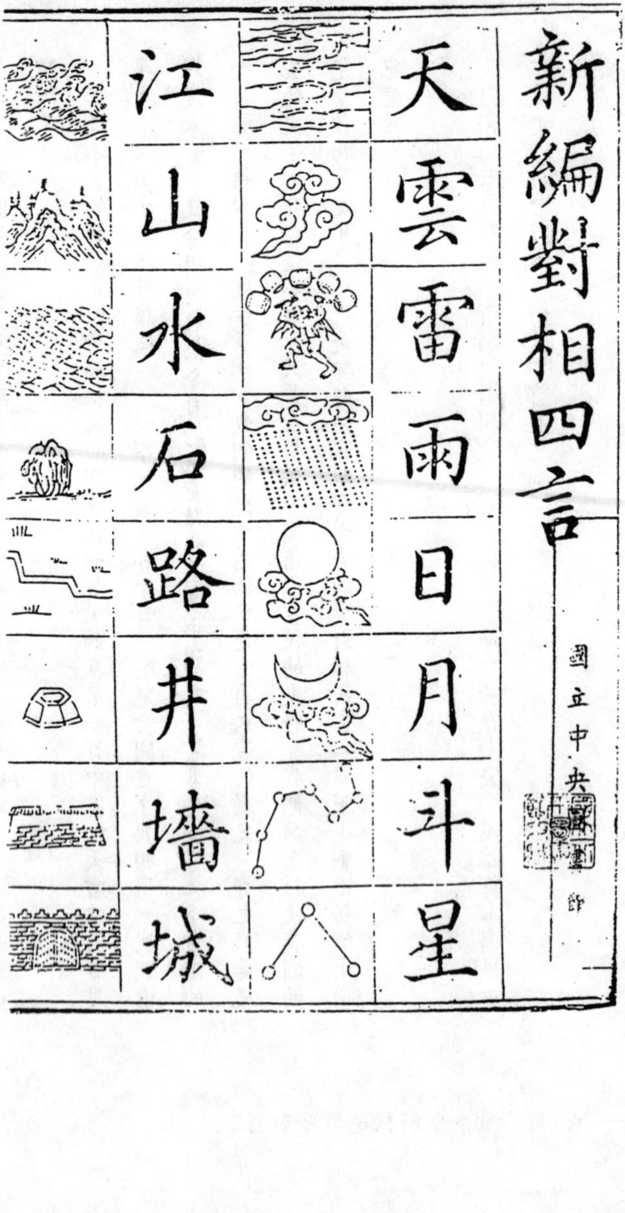

新編對相四言

天雲雷雨日月斗星

江山水石路井墻城

▶新編對相四言（見中央圖書館書本「明刊黑口本」頁1）

2 朱子治家格言

「朱子治家格言」，亦稱「朱子家訓」。「朱子治家格言」祇是一篇文章，爲朱用純撰。朱氏，明諸生，崑山人，生於明熹宗天啓七年（西元一六二七年），卒於清聖祖康熙三十八年（西元一六九九年），享年七十三。父親集璜，以諸生貢太學，清兵下江東，城陷不屈死。用純仰慕王裒攀柏之義，自號柏廬。授徒養母，潛心於程、朱理學，知行並進，而以敬爲主，入清不仕，康熙年間，或欲以博學鴻儒，固辭，乃免，死後，門人私謚爲孝定先生，著有「刪補易經蒙求」、「四書講義」、「無欺困衡諸錄」、「媿訥集」。而「家訓」一篇，海內稱頌。（生平詳見「清史」卷四百九十六，「清史列傳」卷六十六，「國朝耆獻類徵」卷四百五，「碑傳集」卷一百二十八，「國朝先正事略」卷二十九。）

「朱子治家格言」，通常用作寫字教材，或書裱懸掛欣賞。其形式雖不是韻文，但語句似聯句，上下對稱，便於誦讀記憶，又因其內容完全是修身處世待人接物之要道，深合農業生活之需要，對兒童日常生活，頗有啓發作用。清光緒十五年（西元一八八九年）戴翊清曾註解治家格言，是爲「治家格言釋義」。（六十九年十二月，廣文書局有

治家格言釋義卷上

烏程戴翊清笠青氏著　姪經譜笙氏校刊

黎明即起灑埽庭除要內外整潔

此名治家格言。乃聖賢齊家之道。齊家必自一身始。一身必自一日始。一日必自黎明始。故首言黎明即起。夫天子晏朝。史冊猶譏怠政。下而仕農工商。莫不汲汲待旦。我獨何人。敢耽安逸。雞聲三唱。當將今日應理之事。伏枕細思。隨即披衣而起。蓋起早則神清。事事從容有條不紊。起遲則神昏。事事竭蹶。貽誤良多。況家長早。一家皆早。家長遲。一家皆遲。倘日上三竿。睡鄉猶戀。親朋

▶朱子治家格言釋義（見69年12月廣文版，頁1）

影印本。）

3 日記故事

「日記故事」，或謂取名於楊文公家訓，不知何人所輯，「通俗編」卷二云：

小學引楊文公家訓童稚日記，故事不拘古今，如黃香扇枕，陸績懷橘，叔敖陰德，子路負米之類。只如俗說，便曉此道理。按今村塾間，即纂黃香等事為一書，取用楊文公言，題曰「日記故事」。（見世界版，頁25）

又瞿中溶「二十四孝」序言有云：

世俗有坊刻日記故事一書，為鄉里塾師與蒙童講說者，前列二十四孝，始於虞舜，終於宋之黃山谷，必是南宋以後人所為。（見廣文本「二十四孝考」）

目前所見「日記故事」有兩種：一是老古文化事業公司「國學初基入門」頁一百五

新鍥類解官様日記故事大全卷一

温陵 張瑞圖 校

孝弟類

孝感動天

虞（舜有天下之號後倣此）舜瞽瞍之子（瞽瞍舜父名）性至孝（恭敬忠順父母之謂孝）父頑（心不則德義之經曰頑）母嚚（口不道忠信之言曰嚚）弟象傲（象舜之弟名傲慢無禮）舜耕於歷山（歷山未為帝之時躬耕於歷山以供父母）有象為之耕鳥為之芸其孝感如此（指象耕鳥芸）帝堯聞之（堯聞舜之德）事以九男（以其九男事之）妻以二女（以二女妻之是娥皇女英以觀其內）遂以天下讓焉（堯亦禪位于舜以其孝也）詩曰 隊隊耕春象 紛紛芸草禽 嗣堯登寶位 孝感動天心

日記故事 卷一

日記故事（見70年12月廣文版，頁1）

十三至一百九十六。內容除二十四孝外，又有「神童」、「勸學」兩類，並標明爲繪圖歷史修心教科書，當爲清末民初新式教育初期的用書。另一種是廣文書局的「日記故事大全」（七十年十二月初版）所用版本是爲日本刻本，時間是「天保辛卯春三月」，天保是日本仁孝天皇的年號，天保辛卯即天保二年，亦即是清宣宗道光十一年，西元一八三一年。日人「赤松榮」有序如下：

「日記故事」七卷，未知何人所輯也。嘗閱舊本，誤謬紛錯，篇首雖有張瑞圖校字，其為偽托固不竢辨矣。然撰者之意，能奉楊文公遺法，一以蒙養為主。故唯記至性、力學、操行之類，以資先入，且以便通習也。其文專務省約，而簡潔明詳，夐出于金壁玉堂等上。其二、三涉怪異者，類釋氏方便。蓋葑菲下體，讀者舍之可也。此書廣布，裨益實多，獨憾印本甚匱，余思校刻於此有年矣。頃書肆某，以某處士本再刻，功且竣，需序于余，余深喜獲我心，乃莞爾援筆，若夫舊本沿襲之誤，則未知是正何如也？

「日記故事」計七卷：

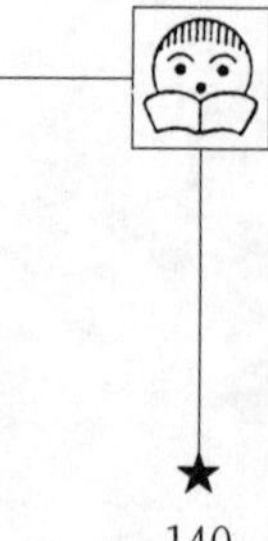

卷一：二十四孝

卷二：生知類、學知類、感勵類、孝行類。

卷三：孝感類、孝念類、友悌類、隆師類。

卷四：交誼類、睦族類、齊家類、遠色類。

卷五：闢邪類、清介類、高邁類、儉約節、仁恩類。

卷六：德報類、寬厚類、廉潔類、善政類、異政類、忠諫類。

卷七：忠梗類、臣道類、子道類、女道類、婦道類、妻道類。

共收故事三百七十。

4 幼學瓊林

「幼學瓊林」，屬事類賦體。對作詩有幫助，預備習對者，必須學「幼學瓊林」與「龍文鞭影」，其內容是編綴辭章上習用之故實，成有韻之儷語，取便記誦。至於本書作者，據卷首所題，爲「西昌程允升先生原本，霧閣鄒聖脈梧岡增補。」程允升，名登吉，明代西昌人。此書原名「幼學須知」，又名「成語考」，經清人鄒聖脈增補後，始改稱爲「幼學瓊林」。（以上有關書名沿革參見方師鐸「幼學瓊林與龍文鞭影」一文，見收於東海大學版「傳統文學與類書之關係」一書，頁264～273。）案：瓊，本意是指「玉之美者」，又宋代有苑名瓊林，位汴京（開封城西），宋徽宗政和二年（西元一一一二年）前，宴新及第進士於此，以後多用指考中進士，而「幼學瓊林」的瓊林，當指本意而言。

「幼學瓊林」全書分四卷，三十三部：

卷一：天文、地輿、歲時、朝廷、文臣、武職。

卷二：祖孫父子、兄弟、夫婦、叔姪、師生、朋友賓主、婚姻、女子、外戚、老壽幼誕、身體、衣服。

卷三：人事、飲食、宮室、器用、珍寶、貧富、疾病死喪。

卷四：文事、科第、製作、技藝、訟獄、釋道鬼神、鳥獸、花木。

每一部之下，作四六駢文一篇，文中的每一句都含有典故在內，所以每句下，都附有注解，這就是跟「事類賦」性質相同的地方，祇不過賦文較「事類賦」短，且程度較淺罷了。

青年模範卷一

目次

孝悌之道　跪讀父書　樂有嚴父　虎舍孝子　袖甘奉母　閨門介壽　奇女從璧　節孝傚奇　殺喉盡誠　兄弟赴義　萬里尋兄　分產不較　布衣責介　鹿車歸里　替女完婚　姑嫂成名　和睦妯娌　救夫盡節　展謁祠墓　施貨活族　成里言歡　德行化人　主善為師　不忘死友　篤念故舊

註釋故事白眉

總目　職官類　人道類　方外類　人品類　交際類　德器類　廣考類　文學類　人事類　言事類　仕進類　總自終

精校重增繪圖幼學故事瓊林卷一

西昌程允升先生原本　清溪謝梅林硯傭

霧閣鄒聖脈梧岡增補　男　鄒可庭涉園　參訂

古越蔡岷東藩續增

天文

新增文十一聯　續增文十聯

混沌（音渾豚）初開，乾坤始奠。混沌，元氣也。陰陽未分之象。乾，天也。坤，地也。奠，定也。【易】太極生兩儀，兩儀未分，其氣混沌，如雞子。盤古氏出，則天地之道，通陰陽之理，於是伏者為天，偃者為地，天尊地卑，乾坤定矣。【釋】兩儀，天地也。雞子即雞卵。盤古稱古盤固。

氣之輕清上浮者為天，氣之重濁下凝者為地。【說文】天地者，陰陽之府也。神者，天之陽也。兆者，地之陰氣。天氣開於子，輕清之氣一萬八百年浮而為天。天之精華凝結而為日月星辰，成象既為，功用乃行。地闢於丑，重濁之氣一萬八百年凝而為地。地之實氣凝結而為山川河嶽，成形既定，物豐攸各。【釋】氤，元氣也。凝，結也。

日月五星，謂之七政；天地與人，謂之三才。五星，金木水火土。合日月為七政。【書】在璿璣玉衡，以齊七政。天能覆物，地能載物，聖人裁成輔相，以助天地之所不及，而能成物。蓋天地能萬物，萬物眾生惟人最靈，故人為萬物之靈。氣稟陰陽，道致化育，生生不已，與天地參，故曰三才。【釋】才，能也。

日為眾陽之宗，月乃太陰之象。【天文志】日為太陽之精，主生養恩德，人君之象也。人君有瑕，必露其還以告示焉。月乃太陰之精，以之配日，女后之象也。以之比夷刑罰之義，列之朝廷諸侯大夫之類也。

虹（音洪）名螮蝀（音帝凍），乃天地之淫氣；月裏蟾蜍

▶幼學瓊林（見65年5月台南東海版，頁1）

幼學瓊林，亦有稱爲「幼學故事瓊林」，民初蔡東藩又有續增，目前所見本子，有鄒聖脈增補本，如老古出版社「幼學瓊林」，綜合出版社「幼學故事瓊林」。而文化圖書公司「幼學故事瓊林」，則爲蔡東藩續增本。又有東海出版社「幼學故事瓊林」，有白話翻譯，編譯者署名吳縣董堅志，書成於民國三十年雙十節，本書除白話譯注外，又有董氏的新增文字。並有「編纂旨趣」一文，略說其編纂緣因。以上兩種續增本，以蔡東藩續增本較爲著名，蔡氏撰有「通俗演義小說」十來本。（見存於新興版「筆記小說大觀」十一編。）民國六十九年遠流出版社印行「中國歷史演義」三十一册，由李敖總校訂，事實上即是以蔡氏通俗演義本爲主，外加「東周列國誌演義」（即「東周列國志」）、「三國演義」、「二十五史總演義」、「新中國未來記演義」（即「新中國未來記」）等四書而成。

文化圖書公司印行的「幼學故事瓊林」，是蔡東藩續增本，序文對該書之流傳及增訂緣由，皆有所說明，試引錄如下：

> 余少時往還閭里，輒聞有讀書聲自鄉塾來者，傾耳而聽之非四子書即幼學瓊林也。逮學制變更，改良私塾，教科書風行，一時有輟四子書不復讀者，而誦幼

言文對照 白話註解 重增幼學瓊林讀本 卷一

西昌程允升先生原著　霧閣鄒可庭涉園參訂
清溪謝梅林硯儒參訂　吳縣董　浩堅志新增
霧閣鄒聖脈梧岡增補　吳縣董　偉振華編譯

天文

原文三十二聯，舊增文十一聯，新增文十聯。

混沌㈠初開，乾坤㈡始奠。氣之輕清，上浮者為天；氣之重濁，下凝者為地。日月五星，謂之七政；天地與人，謂之三才。日為衆陽之宗，月乃太陰㈢之象。虹名螮蝀㈣，乃天地之淫氣；月裏蟾蜍㈤，是月魄之精光。風欲起而石燕㈥飛，天將雨而商羊㈦舞。旋風名為羊角，閃電號曰雷鞭。青女乃霜之神，素娥即月之號。雷部至捷之鬼曰律令；雷部推車之女曰阿香。雲師係是豐隆，雪神乃為滕六。欻㈧火、謝仙，俱掌雷火；飛廉、箕伯，悉是風神。列缺乃電之神，望舒是月之御。甘霖、甘澍，俱指時雨；玄穹、彼蒼，悉稱上天。雪花飛六出，先兆豐年；日上已三竿，乃云時晏。蜀犬吠日，比人所見甚稀；吳牛喘月㈨，笑人畏懼過甚。望切者，若雲霓之望；恩深者，如雨露之恩。參商㈩二星，其出沒不相見；牛女兩宿，惟七夕一相逢。后羿⑪妻奔月宮而為嫦娥⑫，傅說⑬死其

▶幼學故事瓊林（見66年9月文化圖書公司二版，頁1）

學則如故，豈程鄒兩先生之著作古今不易歟？毋亦以羅列故事取精用宏，童而誦之，事半古之書而功且倍之歟？人生十年就外傅，為父兄與辟咡詔之，必日勤讀，讀書果何為者？大知大用，小知小用，蘄於應世而已。顧幼聰者不可多得，鄉曲之家又往往迫於衣食，無培植弟子力。童蒙入塾，歷四、五載，無論智愚不得不令之輟學，別就他業，為日後營生計。故大知大用非所望也，但得目識三、五千字，耳塾古今典故十百條以之應世亦已足矣。讀幼學一書，大知不足，小知有餘，此其所以受海內之歡迎，而為一般鄉塾兒童所日夕披誦而不輟者也。雖然知今不知古謂之盲瞽，知古不知今謂之陸沈，世變方日新而未已，學術亦日出而不窮，苟徒知墨守挾舊章以問世，即非盲瞽如陸沈，何況鄒子梧岡已增定於曩時，今何妨援據先例為再續之舉？體例仍其舊，學術采其新，而於政教道德之關係尤為注重；至若古今之嘉言懿行，久傳人口而為程鄒所未及者，亦擇取而文之。蓋不第欲廣學者之見聞，抑並欲端後生之趨嚮，即知即行可應世，兼可風世。程鄒有知，其亦默為許可也歟？編既竟，復訂正原書之音注，及舊本魯魚亥豕，以免閱者讀之誤；復於上欄增輯白眉故事，取其適於應用，而與下端原文不重複者。童蒙求我，獲益較多，即凡年長失學，及小學畢業，擬就他途者，得是編而卒讀之，我知其亦必有裨也。是為序。

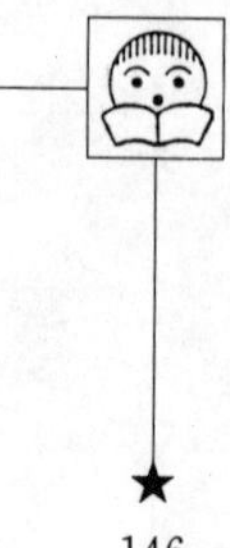

5 龍文鞭影

「龍文鞭影」，四字一句，兩句相對。與「千字文」、「百家姓」一樣，押韻成文，頗便幼童背誦。祇不過每句之中，都包含一個典故，所以每句之下，都有小字注解。「通俗編」卷三曾提及「龍文鞭影」一書：

蕭良有「龍文鞭影」，里中熊氏藏有大板「三字經」，明蜀人梁應井為之圖，聊城傅光宅為之序，較坊刻多敘元、明統系八句。乃知出於明人，究未知誰作也，明神宗居東宮時，曾讀是書，按「趙南星集」有「三字經註」一卷，其敘宋以後亦多出數句，而與「鞭影」所述不同。（見世界本，頁26）

「龍文鞭影」全書有兩集，每集分上下兩卷。初集題「明中楚蕭良有漢沖纂輯，龍眠楊臣諍古度增訂。」二集題「番禺李暉吉子良、徐灊蘭畦輯。」所稱「蕭良有」、「楊臣諍」、「李暉吉」、「徐灊」爲何許人？今皆已不可考。是書原名「蒙養故事」，楊臣諍增補後，改名爲「龍文鞭影」，書名下有小注：

▶龍文鞭影（見64年2月綜合版，頁1）

一東

誨爾童蒙

重華大孝

龍文鞭影

龍文良馬也見鞭影則疾馳不俟驅策而後騰驟也

上卷 上平一 十五韻

龍眠楊臣諍古虔增訂
明中楚蕭良有漢沖纂輯
古皖來集之元成音註

麤成四字

蓋言每事撮要僅以四字粗淺成文而已

誨爾童蒙

物生之初蒙昧未明童子幼穉而蒙昧象亦如之故易稱童蒙教誨及早也

經書暇日

經謂五經或六經或十三經皆是五經易書詩禮春秋加樂記為六經十三經則易書詩左傳公羊穀梁禮記儀禮周禮論語孟子孝經爾雅也書四子書學庸論孟及一切宜讀者誦讀之餘不可閒曠故下文又及子史焉

子史須通

子謂老莊列荀楊文中諸子也史史書古以書詩春秋為三史又史記兩漢為之三史今則以史記而下及宋元史為二十一史皆須講究通達蓋所成四字均出子史中也以上四句原作書之由〇老老聃莊莊周列列禦寇荀荀卿揚揚雄文中王通

重華大孝

虞舜本姓姚系出虞幕故稱虞氏史謂其有光華之德可合於堯因號重華父頑母嚚象傲舜一諧之以孝故孔孟皆稱為大孝而法言以為絕德焉

龍文，良馬也。見鞭影則疾馳，不俟鞭策而後騰驤也。

案：「龍文鞭影」，在內容與形式上，可說是「蒙求」的翻版，以類書觀點而言，是屬於「對類」。又就今日視之，可說是偉大故事，或成語故事。在昔日的啓蒙教材上，他與「幼學瓊林」具有相同的地位；而目前，「幼學瓊林」之書隨處可見，「龍文鞭影」卻難得一見。民國五十六年十月，臺北「德志出版社」曾影印出版，又民國六十四年二月臺南「綜合出版社」亦曾影印出版，但以德志出版社影印本較優，當時七十七歲的杜負翁曾爲「龍文鞭影」作序，從序文裡可見昔日流行的盛況，以下試節錄杜序如下：

中華具有五千年歷史，分類典實浩如淵海，雖有「事物紀原」、「淵鑑類函」等類書，記憶固弗可能，行旅亦難攜帶。為便蒙起見，乃有「幼學瓊林」、「龍文鞭影」諸書，簡單扼要，便於記誦。於是麗詞文藻，乃可一目瞭然；屬草臨文，更可得心應手。嘉惠士林，豈惟小補？不意數十年來，風氣突變；鄙視文言，摒棄用典。殊不知美麗為文，文章者，文采也。「文」與「野」為相對之辭。以不讀書而不知典實，以不知典實而指言典實者為陳腐。顛倒是非，淆亂黑白。以至社會民風，日趨蠻野：散髮披頭，袒胸露臂。吾恐若干年後，將鮮有知衣冠文物與夫文章華國者矣。言念及此，為之慨然！劉子久、永昌……嘗言：教育為風氣之因；今日民風為數十年前教育之果。復興中國文化為救時藥石；欲復興中國文化，必使青年盡能讀書；求青年盡能讀書，必使對於詞藻一無扞格。「龍文鞭影」乃啟蒙秘鑰，君尋訪數年，偶然得之，乃付剞劂，以廣流傳。事雖細微，亦可見用心之苦。乃樂為之序。（見方師鐸「傳統文學與類書之關係」，頁273引。）

6 唐詩三百首

「唐詩三百首」編選者署名蘅塘退士，眞名是孫洙，江南常州府金匱縣（今江蘇省無錫縣）生於淸康熙年間，乾隆十六年（西元一七五一年）賜進士出身二甲第七十名（見大通書局影印本「明淸歷科進士題名碑錄。）乾隆二十八年（西元一七六三年）春，與妻子徐蘭英互相商榷，編成「唐詩三百首」。徐蘭英生平據「國朝書畫家筆錄」：

徐蘭英，無錫人。進士孫洙繼室。幼慧，學詩於杜太史詔，又從蔣衡受筆法，能擘窠書。（見國立中央圖書館臺灣分館收藏「文學山房本」，頁469）

今人鴛湖散人撰輯「唐詩三百首集釋」，有「蘅塘退士小傳」，試引錄如下：

蘅塘退士姓孫，諱洙，字臨西（「無錫金匱縣志」作苓西）。無錫人也。生於清康熙時。係唐金吾上將軍忠貞公，諱萬登三十世孫。性敏好學，自乾隆九年甲子順天舉人，而授景山官學教習。乾隆十年乙丑明通榜，而除上元縣學教諭。乾隆十六年辛未吳鴻榜進士。為同里吳容齋鼐工部高足弟子。歷任直隸大城、盧龍，山東鄒平知縣，問民疾苦，與民講學，得情哀矜，民感其仁。捐廉濬河，民享其利。仕優而學，不改書生本色。兩校省闈，多得名士。三握邑篆，兩袖清風。每逢去任，民必攀轅。退歸舉鄉飲大賓。老而勤學。其書法則宗歐陽，其詩學則宗少陵，與繼室徐夫人蘭英，皆工詩善書，名垂邑志；詩入梁溪詩鈔，著有蘅塘漫稿。乾隆二十八年癸未春，輯「唐詩三百首」，徐夫人亦參以見解，互相商榷。故編輯告成，風行海內，其有裨於後之學詩者，豈淺鮮哉！（見六十六年十月藝文版，頁7）

唐詩三百首註疏卷之一

蘅塘退士手編　建德雲仙氏章燮象德註

仁和孫孝根先生校正

五言古詩

感遇 四首　張九齡

王堯衢曰感思也思其有幸遭遇一云感之於心寓之於目發於中而寄於言如莊子寓言之類是也

感遇詩十有餘篇今從三百錄其二又從合解選其二王堯衢云以見其寄托之遠洗華從樸自具初唐之骨

孤鴻海上來池潢不敢顧側見雙翠鳥巢在三珠樹 一解王堯衢註是時牛李在朝九齡罷相故托為孤鴻之詞以自比潢積水池也不敢顧畏之也側見不能正視也雙翠鳥巢於珠樹比二小人居美位指李林甫牛仙客也翠鳥產南粵三珠樹在厭火國北生赤水上其樹如柏葉皆為珠

矯矯珍木巔得無金丸懼美服患人指高明逼人惡 二解言小人專高位毫無忌憚也矯矯珍木之巔極危之處也翠鳥專而居之得無懼金丸之彈乎彼美服者尚恐人指處高明者恐逼神惡則小人專美位而能久享也

今我遊冥冥弋者何所慕 三解仍合孤鴻句有鳥自高飛羅當奈何之意

▶唐詩三百首注疏（見69年12月廣文版，頁1）

孫洙一生官職不顯，但「唐詩三百首」卻頗負盛名，風行海內外，他因不滿「千家詩」的「隨手掇拾，工拙莫辨」，又祇收律、絕兩種，唐、宋人的詩混雜一起，因此引起他編選唐詩的動機，書成時，取名於諺語所云，稱爲「唐詩三百首」。他在「唐詩三百首題辭」中說：

> 世俗兒童就學，即授「千家詩」。取其易於成誦，故流傳不廢。但其詩隨手掇拾，工拙莫辨；且止七言律、絕二種；而唐、宋又雜出其間，殊乖體製。因專就唐詩中，膾炙人口之作，擇其尤要者，每體均數十首，共三百餘首，錄成一編，為家塾課本，俾兒童而習之，白首亦莫能廢。較「千家詩」不遠勝耶？諺云：「熟讀唐詩三百首，不會吟詩也會吟」，請以是編驗之。（同上，頁5）

「唐詩三百首」共選三百十首，今原刻本已不得見。編者原意乃爲家塾課本，而今卻凌駕在古今的唐詩選本之上，就啓蒙教材而言，這是惟一的變數。清道光年間，章燮（雲仙）有鑒於「唐詩三百首」向無註解，子弟往往不得其解，便取蘅塘退士原本，除保留原有的批注之外，更併採各家之說，再參酌己意，而成「唐詩三百首注疏」上下兩卷，這是「唐詩三百首」最早的注本，而後爲這本詩選作注釋解說者，便越來越多，其中除章注本外，以喻守眞的「唐詩三百首解析」，較具學術功力。而時人有：邱燮友註釋的「新譯唐詩三百首」（六十二年五月三民書局出版），鴛湖散人撰輯「唐詩三百首集釋」（六十六年十月藝文印書館）及故鄉出版社的「唐詩新葉」（七十年五月）。

學塾裡讀詩時間，或在正規功課完畢之後，以做爲休閒活動。而讀詩亦必學作對。乾隆間湖南車萬育著有「聲律啓蒙」，即是專講作對，各處翻刻甚多，當時頗爲流行。鄧之誠「清詩紀事初編」裡有車萬育簡傳，轉錄如下：

> 車萬育。字與山。號雲崖。又號鶴田。邵陽人。康熙三年進士。選庶吉士。散館改戶科給事中。轉兵科掌印。罷官後。僑居金陵。卜築懷園。頗有林亭之勝。是時舊京風流。未盡衰歇。山水清嘉。朋從可樂。所與游者。曹禾、汪懋麟、曹貞吉、丁煒。皆名士也。其詩多流連光景。羈旅懷人之作。驅使煙雲。時抒感慨。遺辭造意。如自己出。可謂能事。縣志稱萬育記問賅博。工書。在戶科上一勞永佚疏。運道機宜六事。論漕運冗費。論督撫遷轉激勸法。論招撫。論關課侵欺缺額。在兵科請冊立中宮。及東宮出閣講書。又有肅朝儀。及撫臣規避。直陳朝政得失三疏。皆人所不敢言。有奏疏十卷。子鼎晉三十五年丁丑入翰林。萬育猶及見之。後數年始卒。次子鼎豐。易名道南。副貢生。道貢諸生。兩人牽

校正聲律啓蒙撮要卷一

貴陽蔣太史鑒定
邵陵車萬育甫著
湘潭　夏大觀次瓛刪補
　　　王之榦忠遂箋釋
廣文編譯所校正

雲對雨　雪對風　晚照對晴空　來鴻對去燕　宿鳥對鳴蟲　三尺劍　六鈞弓　嶺北對江東　人間清暑殿　天上廣寒宮　夾岸曉烟楊柳綠　滿園春色杏花紅　兩鬢風霜途次早行之客　一蓑烟雨溪邊晚釣之翁

三尺劍漢書高祖為黥布流矢所中醫曰可治高祖曰吾提三尺劍取天下非命乎命在天雖扁鵲何益六鈞弓左定公從齊士皆坐列曰顏高之弓六鈞皆取而傳觀之清暑殿洛陽宮殿簿內有清暑殿廣寒宮明皇雜錄與申天師中秋夜遊月宮見榜曰廣寒清虛之府

沿對革　異對同　白叟對黃童　江風對海霧　牧子對漁翁　顏巷陋　阮途窮　冀北對遼東　池中濯足水　門外打頭風　梁帝講經同泰寺　漢皇置酒未央宮　塵慮縈心懶撫七絃綠綺　霜華滿鬢羞看百鍊青銅

黃童白叟韓文黃童白叟踴躍歡呼顏巷陋見論語阮途窮晉書阮籍率意獨駕車跡所窮慟哭而返冀北韓文伯樂一過冀北之野而馬羣遂空〇冀北古幽都地遼東廣輿記遼契丹東湖皆地今號盛京又曰遼東濯足孺子歌滄浪之水濁兮可以濯我足打頭風韓府羣玉石尤風打頭逆風也同泰寺梁武帝紀帝常與高僧講經於同泰寺時天雨寶花而下未央宮漢書高祖天下已定置酒宴羣臣於未央宮見羣臣禮數甚嚴乃歎曰今日始知天子之尊也綠綺卓文君琴名青銅

校正聲律啓蒙撮要卷一　一東　一

▶校正聲律啓蒙撮要（見56年廣文版，頁1）

連曾靜之獄。論死。（見六十年九月鼎文版下冊，頁959）

車氏「聲律啓蒙」，目前有廣文書局印行的「校正聲律啓蒙撮要」（五十六年初版），並收存於七十年元月版「楹聯作法」一書。

7 昔時賢文

此書爲清代的啓蒙雜書，不知是何人所撰。其文體主要爲長短不齊的聯語，內容除極小部分直接採自經史詩歌外，皆以諺語、格言、口頭禪組織而成，既未分類，也無章節。由於代代相傳，所以不衹是隨時以增廣，且各地版本也不盡相同，據最近所刊行者，大約有四千字，其主旨不外乎守分、安命、順天、全身，不是在板著面孔說教，而是一本反映數千年來中國農村社會人生觀、歷史觀的書。

「昔時賢文」是集錦式，缺乏中心思想。有時甚至前後之間南轅北轍，如「寧可正而不足，不可邪而有餘。」「寧向直中取，莫向曲中求。」「山中有直樹，世上無直人。」「莫信直中直，須防仁不仁。」乍看之下，似乎是自相矛盾，其實正是他的優點，蓋人生道路，本來是迂迴曲折，這種相反相成的金言，正是我民族飽受鍛鍊折磨的

昔時賢文誨汝諄諄。集韻增廣。多見多聞。觀今宜鑑古。無古不成今。知
己知彼。將心比心。酒逢知己飲。詩向會人吟。相識滿天下。知心能幾人
相逢好似初相識。到老終無怨恨心。近水知魚性。近山識鳥音。易漲
易退山溪水。易反易覆小人心。運去金成鐵。時來鐵似金。讀書須用意
一字值千金。逢人且說三分話。未可全拋一片心。有意栽花花不發。無
心插柳柳成陰。畫虎畫皮難畫骨。知人知面不知心。錢財如糞土。仁義
值千金。流水下灘非有意。白雲出岫本無心。當時若不登高望。誰信東
流海樣深。路遙知馬力。事久見人心。兩人一般心。有錢堪買金。一人
一般心。無錢堪買針。相見易得好。久住難為人。馬行無力皆因瘦。人不
風流只為貧。饒人不是癡漢。癡漢不會饒人。是親不是親。非親却是親
美不美鄉中水。親不親故鄉人。鶯花猶怕春光老。豈可教人枉度春
相逢不飲空歸去。洞口桃花也笑人。紅粉佳人休便老。風流浪子莫教貧
在家不會迎賓客。出路方知少主人。黃金無假。阿魏無真。客來主不

▶昔時賢文（見老古版「國學初基入門」，頁142）

千金譜

字是隨身寶　財是國家珍　一字值千金　千金難買聖賢心
隸首作算用苦心　倉頡制字值千金　勸人讀書着認字　看得來寫得去
百般貨物都有字　件件貨物多須記　記得物件寫得來　便是伶俐不痴呆
百般生理多頭路　也有坐店與開舖　也有赴墟排街路　也有講古拆字數
也有牽古說落部　日出而作　日入而息　不識不知　順帝之則
后稷教民稼穡　也着種　也着播　耕作着認路　田園着照顧
也卜食　也卜租　不可拋荒成草埔　破桶着箍　破鼎着補　莫嫖莫賭
勤儉有補所　謹作着謹收　守望相助是農儔　早仔粟大先收　員粒埔占共清油
烏占百壳軟兼滑　芒花青稿鵝蛋朮　荳薾麥黍各件出　豆芽豆菜皆着鬱
吃甘蔗　前頭入　後頭出　擺土豆　捲螺風　透拂拂　囝仔猪槌亂亂勿
春夏秋冬　四時勤勞　不可思風騷　不可思勃桃　父母着孝順　兄弟着合和
井裡無水着來淘　水裡有魚着下蒿　會庄掠賊着打鑼　壯丁着盡出、
竹篙罩菜刀　籐牌鳥搶鉤鐮刀　弓箭鐵鈀　柴槌干戈　家內飼猪着猪糟

千金譜　一八九

▶千金譜（見69年世一書局再版「注音三字經」，頁189）

▶人生必讀（見62年4月瑞成再版）

人生必讀　卷上

瑞成書局印行

壞事勸人休莫作　舉頭三尺有神明

善惡到頭終有報　只爭來早與來遲

一年之計在於春　一日之計在於寅

一家之計在於和　一生之計在於勤

父子和而家不退　兄弟和而家不分

有子之人貧不久　無子之人富不長

萬事不由人計較　一身都是命安排

人生必讀　卷上　一

記錄。

在農村社會，「昔時賢文」成了大衆處世、交友、求知、齊家、日常生活的規範與原則。而於今日工商業社會裡，亦仍有其適用處。

坊間又有「人生必讀」、「千金譜」等啓蒙書，亦當歸屬於「昔時賢文」類的集錦式的雜書，而這種集錦式的雜書可說是源於「太公家教。」

8 女兒經

「女兒經」是一本專爲女孩子編的教材，編者不詳。該書前半部每句三字共有二百八十八句，後半部每句五字有四十二句，共計有一千七十四字。皆有叶韻，文字通俗，極易上口成誦。書中所述，多半是三從四德，以訓練賢妻良母爲目的，並將歷代賢母淑女的事蹟撮要介紹。目前所見本子有宗學社文化事業有限公司「女兒經」一種（七十年出版）。又以前臺灣私塾中流行有「訓蒙教兒經」一種。

獻給

全國婦女姊妹們的忠誠、我國古時有孟母；近代有蔣母；都是偉大奉獻、犧牲、慈愛的母親，妳們在家庭裡、社會裡、國家上都佔着了非常光榮而榮譽重要的地位，目 國家遭遇了危難，妳們肩負更重要的責任。

我國古時有嫘祖、梁紅玉、緹縈、花木蘭；近代有秋瑾、蔣夫人；不都是偉大的女性嗎？她們將自己奉獻給國

女兒經

女兒經　仔細聽　早早起
出閨門　燒茶湯　敬雙親
勤梳洗　愛乾淨　學針線
莫懶身　父母罵　莫做聲
哥嫂前　請教訓　火燭事
要小心　穿衣裳　舊如新

女兒經　一

▶女兒經（見70年宗學社版，頁1）

訓蒙必讀教兒經白文

居家一本教兒經，上古傳留到如今，若是人家有一本，與家創業人上人。粧粧事兒說得好，句句言語皆是真；有用兒孫聽此教，無用兒孫不留心。說起人家養兒女，有了兒女望長生；乳哺三年娘受苦，移乾就濕臥娘身。痧痲痘疹求神佑，求籤問卜許願心；若是痘痲下了地，父母方才放寬心。怕兒磒水受了病，又怕登高嚇成驚；略有傷風並咳嗽，即忙前去請醫生。請得醫生堂中坐，父母旁邊側耳聽；聽得好時心歡喜，聽得不好悶沉沉。兒病恨不將身替，調理湯藥不離身；喜得兒女病體好，人情福物謝醫生。請媒說合婚姻事，選擇門當戶對人；傳庚遞簡親事定，花費父母多少銀。教兒學內攻書史，教女刺繡莫懶

▶訓蒙教兒經（見永安版，頁146）

9 弟子規

「弟子規」也是從前村塾所用的啓蒙課本之一。內容是給蒙童描繪出日常生活中應當實踐力行的行爲規範。

「弟子規」的原作者，已無可查考，但是這本書的主題，顯然是根據「論語・學而篇」上的：「子曰：弟子入則孝，出則弟，汎愛衆，而親仁，行有餘力，則以學文」而寫成的。目前有今人陳則明「注解弟子規」刊行。(七十年七月世紀書局版)

以上所述，是明、淸兩代新增，且較爲流行的啓蒙教材。以下試列「明史・藝文志」所見，或爲啓蒙教材者：

黃　裳　小學訓解十卷

朱　升　小四書五卷(集宋元儒、方逢辰「名物蒙求」，程若庸「性理字訓」，陳櫟「歷代蒙求」各一卷，黃繼善「史學提要」二卷)

何士信　小學集成十卷、圖說一卷

趙古則　學範六卷，童蒙習句一卷

弟子規　聖人訓
首孝弟　次謹信
汎愛眾　而親仁
有餘力　則學文

【解】弟子規這本書的內容，是至聖先師孔子教訓學生學習爲人處世的思想。全書分爲四個單元，是：①孝弟。②謹信。③仁愛。④學文。開頭的八句是全書的總綱目，這八句以下，是分層說明各綱目的細節，以便讓兒童實踐力行。

——本書主旨出自論語學而篇：「子曰：弟子入則孝，出則弟，汎愛衆，而親仁，行有餘力，則以學文」。

父母呼　應勿緩
父母命　行勿懶

【解】父母呼喚的時候，應當即刻答應，不可慢吞吞地帶理不理。父母要你作事的時候，應當即刻行動，不可藉故推諉，更不可拖延偷懶。

父母教　須敬聽
父母責　須我承

【解】父母教導的時候，必須要恭敬地仔細聽明白，牢記在心，如果作了錯事，父母責備的時候，必須要坦白承認錯誤，不可爭辯，更不可強詞奪理。

-5-

▶陳則明注解弟子規（見70年7月世紀書局本，頁5）

方孝孺　幼儀雜箴一卷
張　洪　小學翼贊詩六卷
鄭　真　學範六卷
朱逢吉　童子習一卷
吳　納　小學集解十卷
劉　實　小學集注六卷
丘　陵　嬰教聲律二十卷
廖　紀　童訓一卷
陳　選　小學句讀六卷
王雲鳳　小學章句四卷
湛若水　古今小學六卷
鍾　芳　小學廣義一卷
黃　佐　小學古訓一卷
王崇文　蒙訓一卷
王崇獻　小學撮要六卷
朱載瑋　困蒙錄一卷

耿定向　小學衍義二卷
吳國倫　訓初小鑑四卷
（以上見鼎文版「明史」冊四，頁3371～3372）

又「清史稿・藝文志」所見，或爲啓蒙書目者如下：

小學集解六卷、小學衍義八十六卷　張伯行
小學集解六卷　黃　澄
小學集解六卷　蔣永修
小學纂注六卷　高　愈
小學纂注二卷　彭定求
小學淺說一卷　郭長清
小學分節二卷　高熊徵
小學句讀記六卷　王建常
小學大全解名六卷　陸有容、謝庭芝、沈眉同
續小學六卷　葉　鈖

養正類編十三卷　張伯行

養蒙大訓一卷　熊大年

養正編一卷、初學先言一卷　謝文洊

五種遺規十五卷　陳宏謀

小學韻語一卷　羅澤南

（以上見鼎文版「清史稿」卷一四七，頁4327～4331）

伍　結論

總結以上所述，可略見我國啓蒙教材的沿革。而事實上，到明、清時代的啓蒙教材，卻是不勝枚擧，蓋由於幅員遼濶，加以各地塾師水準不一，有時別出心裁，於是所用教材因人而異。前面所述各書，是較爲通行者。「叢書大辭典」有「童蒙必讀書」條，其說明如下：

六安涂宗瀛朗仙著。光緒九年仲春武昌書局寫刊本，「弟子規」（李□□）、「小兒語」（明呂□□）、「續小兒語」（明呂坤）、「弟子職」、程子「四箴」、范氏「心箴」、朱子「敬齋箴」、朱子「小學題辭」、陳氏「夙興夜寐箴」、吳氏「敬銘」、陳氏「忍字箴」、林氏「集訓蒙詩」、「性理字訓」（程若庸）、千字文（何□□丹溪。）（見五十六年十月中華大典編印會本，頁1）

其實所謂的「童蒙必讀書」，亦祇不過是個人或書店的選本而已。一般說來，流行於村塾間的啓蒙書，大部分皆屬不知名人士所撰。是以推究起來，頗多困難，清末民初間流行的啓蒙書。到今日，有許多書好像中了瘟疫般突然消失，目前雖又有復現的趨勢，甚且有人在鼓吹，可是卻無濟於已逝的事實。

申言之，收集或研究啓蒙教材，並非戀舊，亦非復古，今日我們不可能要小學生去讀「三字經」、「千字文」，時代變遷快速，教材改變也大。在大家談論「二十四孝」之餘，有楊孝濚先生用「內容分析法」去分析「二十四孝」及「三十六孝」的價值，楊先生在最後提出他的看法說：

從以上的分析中，為了發展現代化的孝道觀念，而充分發展現代化家庭組織型態和功能，經由「孝道」正確觀念的發展，提高家庭「子女」角色與「父母」角色的理想化；並且更進一步發揮理想的社會化過程，使子女在這種家庭型態下能夠發展出適合現代社會發展的「人格特質」。這種現代家庭功能的發展，有賴於大眾傳播媒介的緊密配合。但是從以上的分析中，無論是「二十四孝」或「三十六孝」故事，均無法達到此種目的，其原因，是由於這種以「孝道」故事或「孝子、孝女」為表達方式的故事型態，其傳播效果是十分有限的，而就是從內容所顯示的價值體系，也仍有加強其選擇性之必要。

總之，由於社會變遷的快速，家庭結構和功能發生極大的變化，建立理想的現代化孝道觀念是必要的，毫無疑問的，從以上的分析中，無論「二十四孝」或是「三十六孝」故事均無法達到此一理想，因此，有效來創作或選擇理想孝道的兒童故事和兒童讀物是有其必要的。（見「青少年兒童福利學刊」第三期，頁24～25）

其實，何止「二十四孝」不適合今日兒童閱讀，其餘的啓蒙教材也不合適。然而，這是我們昔日的啓蒙教材，也可以說是我們的傳統，我們棄置而不顧？不通古何能變今？徒知彼而不知己，祇是削足爲履而已。我們知道，歷代的啓蒙教材，要皆出之於文人手筆，且不論其內容與難易度，至少他們都是以韻文寫作，韻叶易讀，就詩教而言，是深且遠，或許能做爲我們今日的借鏡。以下試引齊鐵恨「清末民初的兒童讀物」一文裡，「科學時代的兒童讀物」一節，以補充本文敍述的不足：

「三百千」，乃是：「三字經」、「百家姓」和「千字文」，三本小書兒的通俗簡稱。這「三本小書兒」，自宋朝以來，歷元、明、清數百年間，都用作啟蒙必讀的課本兒，可說是那時候的「兒童讀物」了！那時的兒童，讀過這三本小書兒之後，或者再讀一本「雜字」——原有：四言、六言和七言的各種不同，而在北京附近各縣地方，則以讀「六言雜字」的為多。有的讀過三本小書兒之後，再加一本「弟子規」；或「名賢集」；或「千家詩」的，殊不一定。惟三本小書兒，則勢須必讀；讀過之後，或者選讀「四五」，即「四書」、「五經」，以應科考而求仕進。但在「四書」第一本的「大學」一書裡，明文註定：「大學者，大人之學也。」卻不知先儒前賢們，據什麼理由，要把：「正心誠意」「治國平天下」的大道理，生填硬塞地注入幼稚的腦海裡？

即以「三本小書兒」的內容來講：「三字經」的起頭兩行：「人之初，性本善。性相近，習相遠。」宋人編書以教「童蒙」，開口便道「性善」，其迂實不可及；以中國的人才物力，不足抵禦文化落後的遼、金，而終亡於元，豈不甚慘？「百家姓」的「趙錢孫李，周吳鄭王。」只記姓氏，又多罣漏，全無文義可尋！「千字文」的「天地玄黃，宇宙洪荒。」乃把字帖上的單字勉強集成韻語罷了；只可作識字課本，難以用之教學。以上三本小書兒，賴有「養蒙針度」一書，逐字逐句地為之註解，才可略明文義；否則一般塾師，尚難完全瞭解，何況年當四、五歲，至六、七歲的兒童呢？我國數百年來，以這樣的讀物教育兒童，不知毀滅了多少民族天才呢！至於其他幾本小書兒，可說是「補充讀物」。如：「弟子規」的「聖人訓」，「名賢集」的集諺語，「千家詩」的四季歌詠，「六言雜字」的列舉事物名稱，雖然不合於兒童心理，但去實際生活，尚不甚遠，有些文意，也不太深，比較起來，容易明瞭。但以現代的「兒童讀物」相衡量，差的實在太遠了！（見小學生雜誌社出版「兒童讀物研究」，頁192～193）

最後擬對啓蒙教師略加以說明。所謂啓蒙教師是指教蒙館的先生，都是童生，偶而也有秀才，但都是不大通的秀才，稍高明一點的便不屑教這種學生，因此有關蒙館先生的笑話頗多，而宋人「村塾鬧學圖」可爲其中的代表。又「紅樓夢」第九回寫的「茗烟鬧學」，把蒙館的醜態描寫得淋漓盡致。以下試引錄「解人頤」一書中，之記載三則，以見其中之辛酸苦澀之一般：

村學先生自敍：

利欲驅心萬火難。世途擾擾幾歡悲。慢言富貴書生分。誰解青袍悞老儒。小子不是別人。乃是村學堂中一個先生是也。每憶少年時。通今博古。焚膏繼晷。窗前勤苦十年餘。學成文武藝。幾向棘闈酣征鏖戰。龍門點額暴顋。爭奈命途多舛。時運不濟。避曲江之車塵。無長門之際會。因此將田園廢盡。身口不支。正是空餘文字三千卷。一字何曾療得飢。農焉而勞之不任。商焉而財之無資。工焉而巧之不素。丐焉而面之無皮。徬徨三思。不知所之。記得古人有句話。財主敗落便教書。噫噓嘻。師道之來久矣。你看那孔仲尼。立數仞門牆。開儒宗于春秋之際。孟子負岩岩氣象。演道學于戰國之時。河汾說教者文中子。斗山瞻仰者韓退之。以至歐蘇吳邵。及乎周程張朱。溯洙泗之源流。度伊洛之支裔。師道尊。斯文熾。真足以啟天下之仰慕。俾學者之依歸。道學之盛。于茲極矣。嗚呼。物隆則替。器滿則欹。天下之常理。你看那教化日降日下。風俗日澆日漓。吾輩既非前輩。今時又非古時。福被古人收去。今人是還債的東西。小子村學堂中。坐子幾載。其中滋味。果是孤栖。人誰無兄弟。兄弟本同氣。我的兄弟。冷落了姜家布被。人誰無父母。父母如天地。我的父母倚盡了王氏的門廬。人誰無夫妻。半抛半離。長夜守著空空的羅帳兒。見骨肉親生的男女。無倚無靠。鎮日看那那白的帳闈。自家日常看著幾個書生。羈羈絆絆。與犯罪囚徒無異。年終算著幾擔束脩。多多少少。與傭工常行不殊。吃了無數的冷冷熱熱的飯碗。奈了幾多酸酸澀澀那酒卮。給人家親友。小小心心。猶恐怠慢了賓客。叫人家奴婢哥哥嫂嫂。猶恐冲撞了那厮。開口教書。人便拾著句讀。動手改課。人又議著高低。記問也不到。村夫也要盤倒。奇字倘不識。小子也索吃虧。又有一般難處的事務。正是擔輕又不得。步重又難支。課少了主人嫌懶惰。功多了弟子道難為。有一個苦切的時節。正是書生歸去後。燈火未來時。冷冷清清無人管待。昏昏黑黑獨自支離。有一個主人膠柱鼓瑟。棋不容著。詩不許題。庭無花卉作樣。架無經史做媒。誰管你神疲意倦。誰管你畫永夜遲。好苦也。教我怎消遣過得日兒。有一個娘子清奇古怪。茶又故晏。飯又故遲。座上青氈既薄。爐中獸炭更希。誰知你身寒腳冷。誰知你口渴肚飢。好苦也。教我怎熬煎過得夜兒。有一等學生。強頭掘腦。教東做西。無廉無恥。說是說非。人家內眷又護痛。東道又不知。雖有扑作教刑。交我也難施。身子裡好似嚴姑。手裡無緣的媳婦。踽踽涼涼。拘拘束束。一星星要循規矩。又似晚母身邊失愛的孩兒。孤孤悽悽。怯怯虛虛。半點兒不敢差遲。有所言必議之而後言。誰許你亂嘈亂雜。有所動必擬之而後動。誰許你胡做胡為。步履必安詳。居處必正靜。誰許你懈懈怠怠。衣冠必肅整。容貌必端莊。誰許你離離披披。茶坊酒肆。昔日那慷慨高情。到此來滿將拋棄。偷香竊玉。少年的風流狂態。從此後一筆勾除。學兩分癡呆。纔可騙人歡喜。執一味勤緊。方得免人淹咨。師弟之禮甚嚴。不可一日放曠。賓主之間不易。能保一世歡娛。且是那春三二月。山青水綠。孰不提著壺。挈著榼。酧著佳期。我獨守其空齋。只落得昏昏悶悶。秋九八月。更長漏永。孰不攜著妻挽著兒。卒著殘歲。

我獨空拳其牀。無奈何縮縮悽悽。夫六月內暑鑠金也。須要戴著帽。披著衣。穿著那布褌子。管著那暑襪兒。熱烘烘誰知。掩得我肌膚酸臭。怎能勾得浴乎沂。風乎舞雩。三嘆咏歸。十二月寒頭凍折腰。也須要把著筆。研著硃。坐著冷板凳。踏著那冷地皮。陰冰冰誰知。凍得我鼻涕淋漓。怎能夠烹黃雞。酌村醅。醉倒玉山傾。千般苦。萬般悲。小子非是不知。業在其中矣。可知村學堂中。埋沒了多少高才的漢子。枉屈了多少絕學的男兒。茍有丈夫之志氣也。豈可依依于斯。寄語天涯海角青氈客。子規聲裡自深思。(見新文豐本「繪圖解人頤」，頁65～67)

又塾師四苦：

人言教書樂。我道教書苦。昔人待先生。忠敬出肺腑。只要得明師。何嘗計修脯。今日村莊家。禮體全不顧。東村及西村。不止二三五。清晨便教書。口舌都乾苦。方纔教寫字。又要教讀古。先生偶出門。小子滿堂舞。開學不回家。清明到端午。臨期候修金。看看日將脯。若還不至誠。留待後來補。此際好悽涼。問君苦不苦。

人言教書樂。我道教書苦。昔人嘗有言。讀書須淨土。明窗豁達開。花竹周圍布。今日村莊家。禮體全不顧。塾堂三兩間。東穿又西破。上漏並下濕。常在泥塗坐。炎天氣鬱蒸。難學羲皇臥。一朝朔風起。林端發吼怒。窗破不能遮。飄然入庭戶。一吹寒徹骨。再吹指欲墮。曝日無陽烏。撥爐又絕火。此際好淒涼。問君苦不苦。

人言教書樂。我道教書苦。昔人請先生。預備精臥鋪。下莞而上簟。繡枕以就臥。今日村莊家。禮體全不顧。兩捆亂稻柴。一條粗衾布。雖有青麻帳。又被鼠咬破。夏間燈燼時。便受蚊蟲蠹。倏忽秋冬交。霜雪紛紛墮。枕席冷如冰。四體難蹭跐。三更足不溫。四更難捱過。纔聞雞喔聲。不寐而常寤。此際好淒涼。問君苦不苦。

人言教書樂。我道教書苦。昔人款先生。籩豆何齊楚。白飯與香蔬。烹泉不絕火。今日村莊家。禮體全不顧。粥飯只尋常。酒肴亦粗魯。魚肉不週全。時常吃豆腐。非淡即是鹹。有醬又沒醋。烹調總不佳。如何下得肚。勉強吃些飯。腹中常帶餓。渴來自煎茶。主翁若不睹。不說管待疏。還道受用過。此際好淒涼。

問君苦不苦。(同上，頁67～68)

又「訓蒙訣歌」：

牢記牢記牢牢記。莫把蒙師看容易。教他書。須識字。不要慌張直念去。聲聲字眼念清真。不論遍數教會住。教完書。看寫字。一筆一畫要端詳。不許糊塗寫草字。字寫完。做對句。見景生情不必奇。只要說來有意趣。平仄調。毋貪異。做完對句有餘功。寫個破承教他記。催念書。口不住。時常兩眼相看他。怕他手內做把戲。非吃飯。莫放去。出了恭。急忙至。防他悄悄到家中。開了櫥門偷炒米。清晨就要來。日落放他去。深深兩揖走出門。彬彬有禮循規矩。若能如此教書生。主人心裡方歡喜。(同上，頁68)

參考書目

◆壹

重輯倉頡篇二卷　王國維　文華版「王觀堂先生全集」第七冊　57、3

太公家教殘存　廣文書局

蒙求集註　李翰撰　徐子光補注　藝文「百部叢書集成」影印「學津討原」本

蒙求　李翰撰　見粹文堂本「全唐詩」卷八百八十一　冊十二　頁9960～9964

幼學故事瓊林　程允升著　臺南東海出版社　65、5

幼學故事瓊林　程允升著　綜合出版社　68、10

幼學故事瓊林　程允升著　文化圖書公司　66、9

幼學瓊林　程允升著　老古出版社

龍文鞭影　綜合出版社　64、2
治家格言釋義　朱伯盧著　廣文書局　69、12
詳解千家詩　廣文書局　69、12
白話註解千家詩　廣文書局　69、12
千家詩詳析　黃文吉詳析　國家書店　69、9
千家詩今譯　李覺譯　天華出版社
校正聲律啓蒙撮要　車萬育著　廣文書局　63、12
唐詩三百首注疏　章燮注疏　廣文書局　69、12
新譯唐詩三百首　邱燮友註釋　三民書局　62、5
唐詩三百首集釋　鴛湖散人撰輯　藝文印書館　66、10
唐詩新葉——唐詩三百首集解　張夢機、顏崑陽審訂　故鄉出版社　70、5
日記故事大全　廣文書局　70、12
二十四孝考　瞿中溶校　廣文書局　70、12
孝經故事全集　勸世老人撰　漢聲出版社　62、8
注解三字經　李牧華注解　世紀書局　70、5
注解弟子規　陳則明注解　世紀書局　70、7

人生必讀　瑞成書局　62、4
注音三字經（收「菜根譚」等十種）　世一書局　69、2
國學初基入門（收「三字經」等七種）　老古文化事業公司
五種遺規　陳弘謀編輯　中華四部備要本　73、5　臺二版
小學集解　張伯行集解　世界書局　67、3　五版
女兒經　宗學社文化事業有限公司　70
四言雜字、七言雜字、訓蒙教兒經三種合刋　曾永義校閱、馮作民音註　永安出版社　70、10

◆貳

漢書（藝文志）
隋書（經籍志）
舊唐書（經籍志）
新唐書（藝文志）
宋史（藝文志）

明史（藝文志）以上皆爲鼎文書局二十五史本
清史（藝文志） 國防研究院
直齋書錄解題 陳振孫著 商務人人文庫本 67、5
小學考 謝啓昆著 藝文印書館 63、2
通俗編 翟灝撰 世界書局 52、4
筆記小說大觀（計三十二編） 新興書局
中國文字學叢談 蘇尙耀著 文史哲出版社 65、5
敦煌古籍敍錄 王重民撰 木鐸出版社 70、4
敦煌遺書總目索引 王重民著 源流出版社 71、6
觀堂集林 王國維著 世界書局 53、9 再版
四庫全書總目提要 臺灣商務印書館 60、7增訂初版
敦煌兒童文學研究 雷僑雲著 自印本 70、6
陸放翁全集 陸游著 世界書局 59、11 再版
傳統文學與類書之關係 方師鐸著 東海大學 60、8
羅雪堂先生全集 羅振玉著 文華出版社
繪圖解人頤 胡澹菴原輯、錢愼齋增訂 新文豐出版社

◆叁

國民教育　吳鼎編著　正中書局　63、7
近代中國教育史　陳啓天著　臺灣中華書局　68、2　二版
中國教育思想史　任時先著　臺灣商務印書館　61、4　臺四版
中國教育史　陳東原著　臺灣商務印書館　65、9　臺三版
中國教育史　余書麟著　師範大學　50
中國教育史　王鳳喈著　正中書局　65、5　臺十四版
中國教育史　陳青之著　臺灣商務印書館　67、8　臺六版
中國教育史　胡美琦著　三民書局　69、7
中國書院制度之研究　趙汝福編著　臺中師專　59、7
中國教育史研究　楊亮功等著　漢苑出版社　66、5
歷代興學選士制度考　黃逸民著　自印本
三國兩晋學校教育與選士制度　楊吉仁編著　正中書局　57、7
秦漢魏晋南北朝教育制度　楊承彬著　商務印書館

宋代教育散論　李弘祺著　東昇出版社　69、4

◆肆

唐鈔本雜抄考　那波利貞　見「唐代社會文化史研究」（東京　創文社　一九七四）
敦煌寫本雜抄跋　見「周叔弢先生六十生日紀念論文集」　頁351～357）
二十四孝與三十六孝故事的內容分析　楊孝濚　見「青少年兒童福利學刊」第3期　頁16～25
我國最古的兒童讀物　蘇樺　「國語日報．兒童文學周刊」251期　66、2、6
古代兒童讀物的新紀元—我國的古典兒童讀物之二　蘇樺　「國語日報．兒童文學周刊」260期　66、4、17
太公家教—我國的古典兒童讀物之三　蘇樺　「國語日報．文學周刊」270期　66、6、26
呂氏父子的「小兒語」—我國的古典兒童讀物之四　蘇樺　「國語日報．兒童文學周刊」272期　66、7、10
「啓蒙記」和「開蒙要訓」　蘇樺　「國語日報．兒童文學周刊」277期　66、8、14

千字文種種　蘇樺　「國語日報・兒童文學周刊」281期　66、9、11

漫談「千家詩」　蘇樺　「國語日報・兒童文學周刊」285期　66、10、9

「千字文」補談　蘇樺　「國語日報・兒童文學周刊」290期　66、11、13

平心談「二十四孝」　蘇樺　「國語日報・兒童文學周刊」346期　67、12、10

郭居敬與二十四孝　蘇樺　「國語日報・兒童文學周刊」347期　67、12、17

二十四孝故事探源（上、中、下）　蘇樺　「國語日報・兒童文學周刊」351、352、354期　68、1、14　68、1、21　68、2、11

敦煌石窟的兩種兒童讀物（一、二）　「國語日報・兒童文學周刊」479、480　70、7、12　70、7、19

附錄

歷代「啓蒙教育」地位之研究

◆前言

我國新教育萌芽於自同治元年（西元一八六二年）創設同文館，一直到光緒二十八年（西元一九〇二年）奏定學堂章程公布以前，共計四十年。自光緒二十八年奏定學堂章程公布到辛亥革命，共計十年，是爲新教育建立時期，在此時期中舊教育完全推翻，新教育制度漸次建立起來。在新教育的發展過程中，歷受日本、德國、英國、美國的影響，在各種西潮的衝擊下，我們似乎了解各國的教育措施。可是卻忘了自己以往的教育措施。因此不揣陋學，試探討我國歷代啓蒙教育。「啓蒙」是我國舊有的用詞，以今日的用詞來說，當是指學前至國中、小學階段。

案「蒙」字的解釋：「易經」有「蒙卦」，「卦」辭是：

蒙，亨。匪我求童蒙，童蒙求我。初筮告，再三瀆，瀆則不告。利貞。

彖辭：

蒙以養正，聖功也。

又「序卦」云：

物生必蒙，故受之以蒙。蒙者蒙也，物之穉也。

「經典釋文」卷第二「周易音義」：

蒙，莫公反。蒙，蒙也，稚也。稽覽圖云：無以教天下曰蒙。方言云：蒙，萌。（見鼎文版，頁20）

童蒙即是兒童，幼稚的意思。蒙、童同義，「左傳」僖公九年：

子凡在喪，王曰小童，公侯曰子。

杜預注云：

小童者，童蒙幼末之稱。（見藝文版「十三經注疏」本，頁218）

孔穎達疏：

童者，未冠之名。童而又小，故為童蒙幼末之稱。易蒙卦云：「匪我求童蒙，童蒙求我。」蒙謂闇昧，幼童於事多闇昧，是以謂之童蒙焉。（見藝文版「十三經注疏」本，頁218）。

又「釋名・釋長幼」第十

兒始能行曰孺子，孺也，言濡弱也。七年曰悼，悼，逃也，知有廉恥，隱逃其情也，亦言是時而死可傷悼也。毀齒曰齔。齔，洗也，毀洗故齒，更生新也。

長，萇也，言體萇也。幼，少也，言生日少也。十五曰童，故禮有陽童，牛羊之無角者童，山無草木亦曰童，言未巾冠似之也，女子未笄者亦稱之也。（見鼎文版「小爾雅訓纂」等六種本，頁74）。

因童蒙，蒙以養正，引申於兒童教育上，則有：朱子「童蒙須知」，王陽明「訓蒙教約」（或作「訓蒙大意」），陳弘謀「養正遺規」。甚且清末光緒二十八年（西元一九〇二年）張白熙奏定壬寅學制，亦有蒙學堂，次年張之洞等會訂癸卯學制，也有蒙養院。所謂蒙學堂、蒙養院，皆沿襲舊有用詞。

本論文擬從學校制度、教育行政制度與考選制度等三方面來探討我國歷代啓蒙教育的地位，另外對清末的蒙館略加介紹。

◆學校制度

古代有關學校制度，見存於「孟子」、「學記」。「孟子．滕文公上篇」：

……設為庠序學校以教之：庠者，養也；校者，教也；序者，射也。夏曰校，殷曰序，周曰庠，學則三代共之，皆所以明人倫也。

「禮記．學記篇」：

古之教者，家有塾，黨有庠，術有序，國有學，比年入學，中年考校，一年視離經辨志，三年視敬業樂羣，五年視博習親師，七年視論學取友，謂之小成。九年知類通達，強立而不反，謂之大成。（見世界版「禮記集說」，頁199）。

古代的學校制度，夏、商、周三代或許相同，但名稱上則有異，而「孟子」與「學記」所記載也不同。朱子「集註」：

庠以養老為義，校以教民為義，序以習射為義，皆鄉學也；學，國學也。共之，無異名也。（見世界版「四書集註．孟子集註」卷五，頁36）。

校、序、庠都是鄉學。又「禮記．王制篇」：

小學在公宮南之左，大學在郊。天子曰辟雍，諸侯曰頖宮。（見世界版「禮記集說」，頁70）。

後人把鄉學解作小學，國學即「學記」所說大學。其中序、庠二學是古代行鄉射、鄉飲酒禮的場所。可知古代在鄉、遂以下祇設小學，夏、商、周三代都是一致的，祇是在名稱上互不相同；大學是設在天子的王都和諸侯之國，在「公宮南之左」並另有小學的設置。

所謂塾、庠，就「周禮．地官．大司徒」而言是這樣：

令五家為比，使之相保。五比為閭，使之相受，四閭為族，使之相葬。五族為黨，使之相救。五黨為州。使之相賙。五州為鄉，使之相賓。（見藝文版「周禮注疏」卷十，頁159）。

申言之，古代的社會，人民沒有郊居的習慣，多半聚居在都邑之內。以周代來說，王都百里以內叫做鄉，百里以外叫做遂。鄉設鄉大夫管理一鄉的行政。戶口的組織，是五家爲比，五比爲閭，四閭爲族，五族爲黨；一閭有住戶二十五家；一族有住戶百家；一黨有住戶五百家。至於百里以外的遂，則按鄉里酇鄙縣組成。五家爲鄰，五鄰爲里，五里爲酇。五酇爲縣，五縣爲遂。古代有「學而優則仕」的觀念，「仕而優」的人並要回到自己的家鄉執教，一閭之中的住戶，同住一巷，巷首有門，門邊設有學堂一所，叫做塾。做官告老的人回來執教，就坐在塾學的門內，住在巷內的人，每天早晚入巷口，都要進入塾學接受老師的教導。「白虎通義」說：「古之教民者，里皆有師，里中之老有道德者爲里之右師，其次爲左師，教里中之子弟，以道藝孝悌仁義。」（中國子學名著集成編印基金會印行「白虎通疏證」卷六、「辟雍」，頁313）。道就是做人的道理，藝是六藝，指禮、樂、射、御、書、數。

黨有住戶五百家，黨設有庠學，專門收納在閭塾畢業的學生，加以深造的教育。術就是遂，一遂有一萬二千五百家的住戶。遂設序學，專門收納庠學畢業的學生，繼續教導。至於「國有學」的國，指天子的都邑和諸侯的國，國設國學，範圍比庠學序學都大，收納的學生除了在序學畢業的學生中，挑選可以升學的優秀人才外，並且招集世子、羣后之子、卿大夫、士的兒子一同施教。依現代的學制，塾、庠都是小學，塾是初小；庠是高小。序是中學，國學是大學。而事實上「學記」並沒有如此區分。並且我們也知道古代的教育，乃操之於王官手中。孔子以前的教育乃屬貴族教育，平民中偶有特殊英武或聰明俊秀的子弟，有時獲蒙挑選，與貴族子弟同受教育，那只是極有限的少數。而自孔子至漢初約三百年，卻是有教育而無學校，可說私家自由講學時期。當時學術之傳授，皆賴私家講學。武帝以後，中央與地方官學始興設學校。「漢書·循吏傳·文翁本傳」：

文翁，盧江舒人也。少好學，通春秋，以郡縣吏察舉。景帝末為蜀郡守，仁愛好教化。見蜀地僻陋，有蠻夷風，文翁欲誘進之。乃選郡縣小吏，開敏有材者，張叔等十餘人，親自飭厲，遣詣京師，受業博士，或學律令。減省少府用度，買刀布，蜀物齎計吏以遺博士。數歲蜀生皆成就還歸，文翁以為右職，用次察舉。官有至郡守刺史者，又修起學官於成都市中，招下縣子弟以為學官弟子，為除更繇；高者以補郡縣吏，次為孝弟力田。常選學官僮子，使在便坐受事。每出行縣，益從學官諸生明經飭行者與俱，使傳教令，出入閨閤，縣邑吏民見而榮之，數年爭欲為學官弟子，富人至出錢以求之，繇是大化。蜀地學於京師者比齊、魯焉。至武帝時乃令天下郡國皆立學校官，自文翁為之始云。(見鼎文版「漢書」冊五，頁3625—3626)。

由此蜀郡教化大開，稱爲天下模範郡。武帝嘉其賢能，令天下各郡倣照文翁，皆立學官，俾地方教育易於普及。漢代地方教育之普及與建設，文翁應居首功，而後教育中心逐漸移於官學。東漢時，中央官學生徒最多時達三萬人，當然私學也並未因而衰歇；尤其是亂世國家的教育事業，更有賴於私學。

武帝於元朔五年（西元前一二四年）採納董仲舒之言遂立太學，置五經博士，其目的本在由學術領導政治，即所謂「通經致用」，而後漸失本義，有所謂家法興起，經學更由此有今古之分，乃至魏晉南北朝，中央政府解體，是以西漢時代的士人政府，演變而形成了士族大家庭，由士族大家庭又演變而形成了門第。因此魏晉南北朝的教育主要是門第教育，其主要教育場所則是家庭。

歷代學校制度，蓋多沿襲前代而稍損益，有關各代學校制度，可見文獻主要是歷代史書的選舉志，而「古今圖書集成・經濟彙編・選舉典」卷七～廿七爲「學校部」（文星版册八一，頁63～269）；「十通分類總纂」有「學校類」（鼎文版第七册），資料可謂彙集詳盡。至於今人的論述，一般說來皆爲斷代的研究。（見參考書目。）

申言之，傳統的學校制度，至明清漸趨完備。我們首先要說明的是明、淸兩代原有的學校，有專教皇帝的經筵講官，有專教太子的詹事府，有專教貴族的宗學，有專教武官子弟的武學，有專教農民子弟而自由設立的社學與義學，有專教長期讀書人的府州縣學、國子監、翰林學院與學館。以上各種學校，以專教長期讀書人的學校爲重要，而我們的重心也在於此。試分述如下：

1 府州縣學

我國自漢以來，歷代於州府縣皆設有地方學校。明、清的地方學校名爲府州縣學。以每一府州縣爲一學區，分別設立於全國各地，比較普通。所以「明史．選擧志一」說：

> 郡縣之學，與太學相維，創立自唐始。宋置諸路州學官，元頗因之，其法皆未具。迄明，天下府、州、縣、衞、所，皆建儒學，教官四千二百餘員，弟子無算，教養之法備矣。……蓋無地而不設之學，無人而不納之教。庠聲序音重規疊矩無間於下邑荒徼山陬海涯，此明代學校之盛，唐、宋以來所不及也。（見鼎文版「明史」一冊，頁1686）。

全國各府州縣皆設有儒學，但並非由府州縣立，而皆由國立，可藉以增進中央與地方的聯繫。各儒學設於府州縣城內聖廟（亦稱孔廟、文廟）旁的學宮，由教官教導生員。教官府名教授，州名學正，縣名教諭，並設訓導佐理之。

2 國子監

國子監又名國子學或國學，是我國從前的國立京師太學，太學設於漢武帝元朔五年（西元前一二四年），太學之設，緣起於董仲舒一篇策論，「漢書・董仲舒傳」：

故養士之大者，莫大乎太學。太學者，賢士之所關也，教化之本原也。今以一郡一國之眾對亡應書者，是王道往往而絕也。臣願陛下興太學，置明師，以養天下之士。數考問以盡其材，則英俊宜可得矣。（見鼎文版「漢書」冊三，頁2521）

武帝採納董氏之言，遂立太學，置五經博士，開博士弟子員之科，徵選天下茂才異士至太學受教。不過當時規模很小，僅以「明堂」、「辟雍」為授業之所，學生祇不過五十人而已，至平帝元始四年（西元四年）興建校舍，規模始大。

晉承漢、魏制，亦立太學。晉武帝初，蜀漢已降，而吳亦已不敵，於是一方面厲兵綏靖，安定民生；另一方面興辦教育，整頓學務。「宋書」卷十四「禮志一」云：

晉武帝泰始八年（西元二七二年），有司奏：「太學生七千餘人，才任四品，聽留。」詔：「已試經者留之，其餘遣還郡國。大臣子弟堪受教者，令入學。」（鼎文版「宋書」冊一，頁356）。

蓋魏時太學生多以「避役」，而非眞正求學，良莠雜處，敗壞學風。經整頓後，尚有三千人之數。但復因其中學生來源不等，既有世族子弟，也有寒門儒士，於是另立「國子學」，與太學並行爲二，遂成爲一種雙軌的大學教育制度，「宋書」卷十四「禮志一」：

（武帝）咸寧二年（西元二七六年）起國子學，蓋周禮國之貴遊子弟所謂國子，受業於師氏者也。太康五年（西元二八四年），修作明堂、辟雍、靈臺。（鼎文版「宋書」冊一，頁256）。

武帝初設國子學，隸屬太學；而太學、國子學亦有不同之區分，「南齊書卷九・禮志上」，曾載齊臣曹思文表云：

晉初太學生三千人，既多猥雜。惠帝時欲辯其涇渭。故元康三年，始立國子學，官第五品以上，得入國學。天子去太學入國學，以行禮也。太子去太學入國學，以齒讓也。太學之於國學，斯是。晉世殊其士庶，異其貴賤耳。然貴賤士庶，皆須教成，故國學、太學兩存之也。（鼎文版「南齊書」冊一，頁145）。

惠帝規定「官在五品上者」方有資格入國子學，可見士庶貴賤雖異處而教，而貴族間仍有差別等第。

案國子學之設始於晉武帝，而至惠帝才正式成爲制度，所以「南齊書」有「元康三年始立國子學」之語。自此以後歷代有效用，所謂「國子寺」、「國子監」等，名異而實同，直至清代仍舊沿用。明代國子監概況如下：

國子監，祭酒一人，司業一人，其屬繩愆廳監丞一人；博士廳五經博士五人，率性、修道、誠心、正義、崇志、廣業六堂助教十五人，學正十人，學錄七人，典簿廳典簿一人，典籍廳典籍一人，掌饌廳掌饌二人。祭酒、司業掌國學諸生訓導之政令，凡舉人、貢生、官生、恩生、功生、例生、土官、外國生、幼勳臣及勳戚大臣子弟入監者，奉監規而訓課之；造以明體達用之學，以孝弟禮義忠

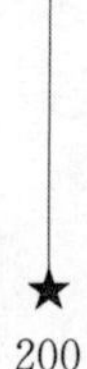

信廉恥為之本；以六經諸史為之業。……博士掌分經教授，而時其考課。凡經以易、詩、書、春秋、禮記，人專一經。大學、中庸、論語、孟子兼習之。助教、學正、學錄掌六堂之訓誨。（見鼎文版「明史」冊四，「職官志二」，頁1789）。

按明初國子監設於南京，永樂以後，又設於北京，而仍保留南京國子監，但規模較小。祭酒是國子監的首長，司業是祭酒的助理，均以名儒或進士任之。「明體達用之學」，謂宋儒理學，以道德教育爲根本，而以四書五經諸史爲讀本。六堂謂依學生程度分班升級。正義、崇志、廣業三堂爲初級。凡通四書未通經者入之。肄業一年半以上，文理條暢者，升修道、誠心二堂，是爲中級。又肄業一年半，經史兼進，文理俱優者，乃升率性堂，是爲高級。升至率性堂，乃積分，其法孟月（正、四、七、十月）試本經義一道。仲月（二、五、八、十一）試論一道；詔、誥、表選考一種。季月（三、六、九、十二）試經史策一道，判語二條。每試，文理俱優者，與一分；理優文劣者，給半分；紕繆者無分。歲內積八分者爲及格，與出身；不及格者，仍坐監。

監生有四種：一爲舉監，以舉人充之，程度較高，但舉人多不願入監。二爲貢監，以各府州縣學所貢優秀生員充之。三爲廕監，以品官子弟充之。四爲例監，以依例納捐者充之。

3 翰林院

翰林院之名始於唐代，開元中置學士院，選文學優美者爲翰林學士，專業制誥，宋稱翰宛。「新唐書・百官志」述其緣起云：

翰林院者，待詔之所也。唐制，乘輿所在，必有文詞、經學之士，下至卜醫技術之流，皆直於別院，以備燕見。而文書詔令，則中書舍人掌之。自太宗時，名儒學士時時召以草制，然猶未有名號；乾封以後，始號「北門學士」。玄宗初，置「翰林待詔」，以張說、陸堅、張九齡等為之，掌四方表疏批答，應和文章，既而又以中書務劇，文書多壅滯，乃選文學之士，號「翰林供奉」，與集賢院學士分掌制詔書勅。開元二十六年，又改為翰林供奉為「學士」，別置學士院，專掌內命。凡拜免將相、號令征伐，皆用白麻。其後選用益重，而禮遇益親，至號為內相。又以為天子私人。（見鼎文版「新唐書」冊二，頁1183～1184）。

翰林學士與一般的翰林待詔、翰林供奉性質不相同，後二者不預聞政治；而前者是皇帝的機要秘書，在行政系統上處於非常奇特的地位，無官署、無官屬，亦無俸給。故只稱其在宮中所居之處爲學士院，並無翰林院之稱。直至遼代始於南面宮中置翰林院。其時翰林學士已漸非唐、宋之舊。元代則稱翰林兼國史院。至明代始以翰林院爲正三品衙門，兼掌制誥史册文翰之事，乃唐、宋學士院及館閣官與魏、晋以後秘書監著作郎等職之合併。有掌院學士，例由大學士兼領，以下爲侍讀學士、侍讀、侍講、修撰、編修、檢討，皆爲文學侍從之臣，統稱翰林官。清代沿之，翰林院遂爲清華之極選，享有極高之榮譽。

明、清翰林院之所以較他官地位尤爲優異者，因明初入內閣預機務者多爲翰林官，當時內閣大學士尚止五品，以翰林入閣者權位雖重而官秩不高。及後來大學士之品秩雖未提升，而閣臣多已歷尚書，兼師保，爲百僚之長，無形中翰林院之地位漸已增高。實際上，唐、宋之學士院變爲翰林院，而內閣反又似唐、宋之學士院。內閣在內廷，無官署，而翰林院在外朝，有官署，故內閣大學士以翰林爲其本官，而內閣反爲寄衙，內閣大學士初次到任必在翰林院，非翰林出身者，亦不得拜大學士。又清代翰林官所能擔任之差使，主要爲會試、鄉試之考官，及各省學政，此種衡文主試之任。衣缽相傳，造成科甲出身者互相標榜，提高身價之機會。再加上清代之南書房爲內廷掌文詞翰墨之處，上書房爲皇子及近支王公課讀之處，充此二差者謂之南書房行走、上書房行走，皆照例以翰林官爲之。由於接近皇帝，多得優遇。

以上所說三級的國立學校，有一定的資格始能進入：府州縣學，非秀才不得入，絕無例外。國子監除恩監、廕監、例監等外，非貢生或舉人不得入。翰林院，非進士不得入。至於未入府州縣學前的兒童教育，則不在國立學校職掌之內。而有賴於民間自由設立的學館。成年童生及未入國子監之秀才欲深造者，則有賴於公立或私立的書院。

◆教育行政制度

我國自古即非常重視教育，「孟子・滕文公上」：

> 人之有道也，飽食煖衣，逸居而無教，則近於禽獸。聖人有憂之。使契為司徒，教以人倫：父子有親、君臣有義、夫婦有別、長幼有序、朋友有信。

這種教育專官，三代沿之不替，而司徒位居三官之首。三公者：司徒公、司馬公、司空公。至周時，司徒屬地官，是六官中掌邦教者。考我國教育制度之建立，可說始自漢武帝。班固「漢書・武帝本紀贊」：

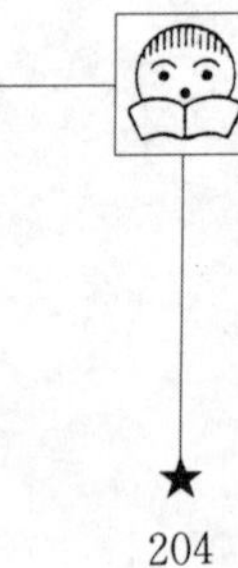

漢承百王之弊，高祖撥亂反正，文景務在養民，至於稽古禮文之事，猶多闕焉。孝武初立，卓然罷黜百家，表章六經。遂疇咨海內，舉其俊茂，與之立功。興太學，修郊祀、改正朔、定曆數、協音律、作詩樂、建封禪、禮百神、紹周從。號令文章，煥然可述。（見鼎文版「漢書」卷六「武帝本紀」，冊一，頁212）。

此後教育制度與學術文化之創建，均具規模，迄於東漢，尤其發達普及。

西漢中央官制，大體沿襲秦朝。官分三公九卿，掌理國家大政。三公：丞相、太尉、御史大夫。九卿：太常、光祿勳、衞尉、太僕、廷尉、大鴻臚、宗正、大司農、少府。三公的丞相即是三代的司徒。總攬國家大事，類似今日的行政院長。而九卿中主管有關教育事務者是太常。太常原名奉常，是秦代官名。常是祭祀時旗幟。漢初曰太常，即欲令國家盛大常存，故稱太常，惠帝更名奉常，奉常即主祭之意。其職掌爲宗廟禮儀。漢景帝時改爲太常。太是尊大之意，爲九卿之首。其首長爲太常卿，又所屬主要官員及其薪級，「後漢書志」第二十五卷「百官二」記載如下：

太史令一人，六百石。本注曰：掌天時、星曆。丞一人，明堂及靈臺丞一人，二百石。
博士祭酒一人，六百石。本僕射，中興轉為祭酒。博士十四人，比六百石。
本注曰……掌教弟子，國有疑事，掌丞問對。
太祝令一人，六百石。本注曰：凡國祭祀及迎送神。丞一人。本注曰：掌祝小神事。
太宰令一人，六百石。本注曰：掌宰工鼎俎饌具之物。凡國祭祀，掌陳饌具。丞一人。
太子樂令一人。六百石。本注曰：掌伎樂。凡國祭祀，掌請奏樂，及大饗用樂，掌其陳序。丞一人。高廟令一人。六百石。本注曰：守廟，掌案行掃除，無丞。
高廟令一人，六百石。本注曰：守廟，掌案才行掃除，無丞。
世祖廟令一人，六百石。本注曰：如高廟。
先帝陵，每陵園令各一人，六百石。本注曰：掌守陵園。案行掃除。丞及校長各一人。
先帝陵，每陵食官令各一人，六百名。本注曰：掌望晦時節祭祀。（見鼎文版「後漢書」冊五，頁3572～3574，案「本注曰」略有省約。）

由東漢太常的職掌與機關組織，可了解它在教育方面的設施，祇是在所屬有五經博士，爲傳授學術之官。漢代的博士，地位崇高，亦吏亦師。在中國教育史上，是一個非常重要的腳色。武帝初置「博士弟子員」，由博士教授弟子經學，曰「五經博士」。博士除備受諮商及教授弟子之外，有時尚任欽使，奉命巡視各地。而後光武特重經學，故博士各相授「家法」，其職責遂專以教學爲主。又所謂博士祭酒，乃是博士中，擇聰明威重一人爲祭酒，並稱爲「博士祭酒」，凡官名祭酒，乃指一位之元長。

至於郡國地方學，皆設有學校官。漢代郡國地方提倡教化最早者，爲蜀郡文翁。柳詒徵「中國文化史」論「兩漢學術及文藝」曾說：

武帝以前，郡國未有學校，而閭里自有書師。（見「漢書．藝文志」）自文翁在蜀立學堂，武帝乃令天下郡國皆立學校官。王莽柄國，持尚學術，郡國鄉聚，皆有學校。東漢開國君臣，大都其時學校所養成也。（見正中版，上冊，頁405。）

又「漢書」卷八十八「儒林傳」：

元帝好儒，能通一經者皆復。數年，以用度不足。更為設員千人，郡國置五經百石卒吏。（鼎文版「漢書」，冊五，頁3569）。

「漢書」卷十二「平帝本紀」：

（元始三年）立學官，郡國曰學。縣、道、邑侯國曰校，學置經師一人。鄉曰庠、聚曰序。庠序置孝經師一人。（見鼎文版「漢書」，冊一，頁355）。

可知郡國地方教育亦設有學官，亦即每一儒學均設有教官。府名教授，州名學正，縣名教諭，並另設訓導佐理之。

自漢至隋，太學諸官，並屬太常。太常之職，除掌管宗廟陵寢祭祀之禮外，復主管博士之選試，「後漢書志」卷二十五「百官二」：

太常，卿一人，中二千石。本注曰：掌禮儀祭祀，每祭祀，先奏其禮儀；及行事，常贊天子。每選博士，奏其能否。大射、養老、大喪，皆奏其禮儀。每月前晦，察行陵廟。

丞一人，比千石。本注曰：掌凡行禮祭禮小事，總署曹事。其署曹據史，隨事為員，諸卿皆然。（見鼎文版「漢書」，冊五，頁3571）。

至晉武帝設立國子學，與太學並立，而國子學演變至北齊之國子寺。國子寺有國子寺祭酒、博士、助教諸學官，名隸太常，至隋開皇十三年（西元九五三年），乃罷隸太常，而趨於獨立，據「通典」卷二十七「職官九」：

北齊國子寺有祭酒一人，隋開皇十三年國子寺罷隸太常。又改寺為學。仁壽元年（西元六〇一年），罷國子學，唯立太學一所。省國子祭酒、博士，置太學博士，總知學事。煬帝即位，改國子學為國子監，依舊置祭酒。（見新興版，頁161）。

因國子監之設立，太常始專掌禮儀。唐之國子監設祭酒一人，司業二人。以官而兼師，總國子、太學、廣文、四門、律算、書七學。除主簿、錄事爲事務官外，掌教學者爲博士及助教。由此可知國子監乃當時七學的主管。至於中央的行政主管則屬禮部。考禮部，在秦漢其職務歸於太常。漢代的尚書分曹治事，客曹尚書亦相當於禮部之一部分職務。魏晉以後，尚書有祠部及儀曹。至隋代始確定以禮部統禮部、祠部、主客、膳部四曹。自隋唐以後，禮部爲六部中的第三部，亦即相當於周禮的春官宗伯。唐、宋至明清大致相承，惟明清將第一司易名爲儀制，與祠祭、主客、精膳合爲四司。而禮部並非祇掌禮儀之事，舉凡貢舉、學校、考試、風俗教化、宗教、及接待外使等事皆屬之。「明史」卷四十八「職官志」：

> 禮部，尚書一人，左右侍郎各一人，其屬，司務廳，司務二人。儀制、祠祭、主客、精膳四清吏司，各郎中一人，員外郎一人，主事一人。所轄鑄印局，大使一人，副使二人。禮部，尚書掌天下禮儀、祭祀、宴饗、貢舉之政令，侍郎佐之。儀制分掌諸禮文、宗封、貢舉、學校之事。……祠祭分掌諸禮典及天文、國恤、廟諱之事。……主客分掌諸蕃朝貢接待給賜之事。……精膳分掌宴饗，牲豆、酒膳之事。（見鼎文版「明史」，冊三，頁1745～1749）。

由此可知，禮部四司，只有儀制司與教育有關，而儀制司的官屬有郎中、員外郎、主事，通常由進士出身的人補授，又儀制司所管四事，只有貢舉與學校兩事與教育有關。持此，禮部雖是中央主管教育的機構，但並非專管，而是兼管。從前禮部直接管理的學校不多，尚可以簡單的制度兼管，但到了清末維新時期，全國新式學校紛紛設立，非禮部所能兼管，於是光緒二十四年（西元一八九八年）設立管學大臣，專管京師大學堂，並兼管全國學校，尚無完整組織。光緒三十一年（西元一九〇五年），改管學大臣爲學部，設有尚書、侍郎、參事、視學等官，並分司掌管專門教育、師範教育、中等教育、小學教育及實業教育行政事宜，從此我國始有專管的完備的新式中央教育行政機構。

◆考選制度

我們官制，發源甚早，有正確史料可考者，可溯及殷商時代；但殷商時代的官司，均爲世職，視官司如財產，父死子襲。春秋以後，官守世襲，仕者世祿之制雖漸趨式微，但仍爲貴族所牢守。故戰國以前，縱有官司，難言制度。因此，我國歷史上之文官制度，則自秦始，秦統一六國，既廢宗周式的封建制度，又停世官之法，除天子世襲之外，宗室子孫不予封土，丞相以下官司，皆選自民間。如呂不韋以一商人爲相國，李斯由布衣陞爲三公，劉邦以應試爲亭長。此類政治措施，不僅打破世官之積弊，更建立考選之規模。秦祚雖短，卻是開文官制度之先河。「史記」卷五「秦本紀」：

周室微，諸侯力政，爭相併。秦僻在雍州，不與中國諸侯之會盟，夷翟遇之。孝公於是布惠振孤寡、招戰士、明功賞、下令國中曰：「昔我穆公自岐雍之間，修德行武，東平晉亂，以河為界，西霸戎翟，廣地千里，天子致伯，諸侯畢賀，為後世開業，甚光美。會往者厲、躁、簡公、出子之不寧，國家內憂，未遑外事，三晉攻奪我先君河西地，諸侯卑秦，醜莫大焉。獻公即位，鎮撫邊境，徙治櫟陽，且欲東伐，復穆公之故地，修穆公之政令。寡人思念先君之意，常痛於心。賓客羣臣有能出奇計強秦者，吾且尊官與之分土。」……衛鞅聞是令下，西入秦，因景監求見孝公……衛鞅說孝公變法修刑，內務耕稼，外勸戰死之賞罰。孝公善之，……乃拜鞅為左庶長。（見鼎文版「史記」，冊一，頁202～203）。

「漢書・藝文志」第十所載：

……漢興，蕭何草律亦著其法曰：「太史試學童，能諷書九千字以上，乃得為吏。又以六體試之，課最者以為尚書、御史、史書、令史。吏民上書，字或不正，輒舉劾。（見鼎文版「漢書」，冊二，頁1720～1721）。

這可說是漢初最先的政府考試。案兩漢取士入仕途徑有四：察舉、射策、博士弟子、人才儲備，略分述如下：

一、**察舉**：察舉之名，見於「漢書」卷六十六「陳萬年傳」：

陳萬年字幼公，沛郡相人也。為郡吏，察舉，至縣令。（見鼎文版「漢書」，冊四，頁2899）。

察舉就是察廉舉薦之意。兩漢察舉制度又可分三種。

1、爲察舉直接任用。此種制度就是一經察舉，即時任爲官吏，不須再經策試。兩漢時有孝廉、茂材、賢良三類。被舉者，多屬現任官，雖非現任官，亦有被舉之機會。

2、經對策後任用。經對策後任用者，在西漢時，有「賢良方正」之對策及「直言」之士對策。東漢亦有「賢良方正」之對策，另立「有道」之士之對策一科。

3、特種選舉。兩議之選士，除上述兩款之外，天子依時局之所需。恒規定特別名目，今臣下辟舉，然後授官。

二、**射策**。秦無射策取士之法，兩漢除察舉之外，另有射策的方式。何謂射策？顏師古說：

射策者，謂為難問疑義書之於策，量其大小，署為甲乙之科，列而置之，不使彰顯，有欲射者，隨其所取，得而釋之，以知優劣。射之，言投射也。（「漢書」卷七十六「蕭望之傳」註，見鼎文版「漢書」，冊四，頁3272）。

射策取士是給予勤學之士所開入仕門徑。漢時有太學，也有私學，入太學便從博士受；從私學，則自求經師，隨之受業，待功業圓滿，便可隨意射策；甲、乙科聽其自便。西漢時甲科中試，則任郎官，乙科中試，除太史掌故。

三、**博士弟子**。武帝立五經博士，這是借太學教育的方式，然後從中試選人材充政府的官吏。教育的對象有二種：一爲非現任官吏的青年俊秀，由太常選拔受業於博士，名謂「博士弟子」；一爲現任的優良官吏，由侯國相、縣令長推舉，郡太守選拔，遣受業於博士，如「同博士弟子」受教的人員每年課試一次，能通一藝以上，就授之以官職；特別優秀的，官位更高一些。如果是相當低劣的，就予罷免。

四、**人材儲備**。兩漢有一種人材儲備的制度，是「郎官出宰」，指中央的郎官可以出任地方的守令。案郎官本是光祿勳的僚屬。職掌是輪值警衞。郎官人數很多，無一定員額。是以郎署便成一個人才薈萃的營壘。郎官如果品行端方，才識出衆，作業成績優秀，或有特殊才幹，就可派充地方長官，高至太守，中爲縣令長或侯國相，下爲縣丞尉等官。

總之，兩漢選士，皆重實事、察德行。舉則任職，選從郡縣吏，所謂鄉舉里選，鄉評里論，則爲相同處。而其相異之處則是：西漢多賢良，東漢多孝廉，賢良多爲已仕；孝廉多未仕。賢良舉無定期定額，孝廉有歲察之詔，戶口多寡之差，年齡老幼之限，職務殘表之試。

魏、晋、南北朝的選士，太學並未能發揮培養入仕制度，仍以察舉孝、秀爲仕進主要途徑，但與兩漢有區別，兩漢鄉舉里選，歸之於諸侯郡守、地方長官，沒有專職之官員。魏晋南北朝，州郡地方置九品中正之官，專司選舉的職責。案九品中正設立年代，魏志不詳，通典稱「（魏文帝時）吏部尚書陳羣，以天朝選用，不盡人才，乃立九品官人之法」（見新興版「通典」卷十四「選舉二」，頁77）或謂九品中正之法，在陳羣之前，已雛具規模，陳羣祇是稍加變通，而付之於實行，九品中正之法；鄭樵「通志」說：

> 晋依魏氏九品之制，內官吏部尚書、司徒、左長史；外官州有大中正，郡國有小中正，皆掌選舉。若吏部選用，必下中正，問其人居，及祖父官名。（見新興版「通志」卷五八「選舉略第一」，頁705）。

而趙翼「廿二史箚記」卷八，說明更清楚：

魏文帝初定九品中正之法，郡邑設小中正，州設大中正。由小中正品第人才，以上大中正，大中正核實，以上司徒，司徒再核，然後付尚書選用。（見世界版「廿二史箚記」冊上，頁100）。

九品中正之法，不僅未得其效用，反而百病叢生，成門第階級，敗壞政事。後周以前，雖想革除弊端，但缺乏果斷。及隋統一後，遂以「歲貢」及「特科」取士，而後平民有參與政治的機會，階級觀念，方得破除。這種「歲貢」的科舉始於隋，隋時有「進士」、「明經」兩科，而確定於唐朝。

唐朝的科舉，以地域論，有解試、省試。在州縣受試者爲解試；在尚書省受試者爲省試。以出身論，有生徒、貢舉之名。由京師及州縣學館出身，而送尚書省受試者是生徒，所謂館是指弘文及崇文館。學是指中央國子監各學及郡縣之學。不由學館而先經州縣考試，及第後再送尚書省應試者是鄉學，而每年鄉貢人數與人品皆有限制。鄉貢之貢舉人，送京應試，更須出具五人連保，所保之事：不得有缺孝悌之行；不得有朋黨之事；不得有跡由邪徑，言涉多端。貢舉分秀才、明經、進士、明法、書學、算學六科。

最初，以秀才科最高，貞觀中，有貢舉而不及第，連坐其州長，由是廢絕；而後士子所趨惟明經、進士。晚唐則專以進士爲重。考試內容因科而別，秀才試以方略策五道，進士試以雜文二篇、時務策五道。明經先帖經，然後口試，每經問大義十條，答時務策五道，帖經之法，即以所習經，掩其兩端，中開一行，裁紙爲帖，任意增損其字句，以驗章句之生熟。凡及第於禮部試者，尚須經過吏部甄試，以「身言書判」爲準。身者體格，言者言語，書謂書學，判者批判之詞，四者及格，方能爲官。

唐朝之選士，除常年貢舉，又有制舉，「新唐書」志第三十四「選舉志上」：

所謂制舉者，其來遠矣。自漢以來，天子常稱制詔，道其所欲問而親策之。唐興，世崇儒學，雖其時君賢愚好惡不同，而樂善求賢之意，未始少怠，故自京師，外至州縣，有司常選之士，以時而舉。而天子又自詔四方德行、才能、文學之士，或高蹈幽隱，與其不能自達者，下至軍謀將略，翹關拔山，絕藝奇伎，莫不兼取。其為名目，隨其人主臨時所欲，而列為定科者，如：賢良方正、直言極諫、博學墳典、達於教化、軍謀宏遠堪任將率、詳明政術、可以理人之類，其名最著。（見鼎文版，冊二，頁1169）。

制舉，由天子特召，以待非常之才，尚有兩漢辟召之遺風。又應舉人依出身之有無，而定制舉之歸屬。一般而言，無出身，無前官之經歷者，應禮部考試；有出身有前官之經歷者，則應吏部考試。

五代選士與唐代相同。至宋代，除制舉、特科外，王安石又立由學校出身入仕之法。此外，又就貢舉而言，仁宗以前，多沿承五代。科目有明經、三史、三傳、制科等；試藝爲帖經、墨義；而進士加試詩賦，制科專試策論。仁宗以後，以墨義只課記誦，於經典大義無所發明，於是神宗熙寧三年（西元一〇七〇年）始專以策取士。四年王安石欲罷科舉，專取人於學校，所以罷明經、三傳諸科，祇留進士一科；又罷試賦、帖經、墨義，專以大義問進士。後來大臣力爭，分經義、詞賦爲二科，其中幾經廢興，卒以二科並行。自是科目試藝皆日趨簡單；但考試方法則日形複雜：以種類說，有殿試、省試、以方法說，有彌封編號、謄錄易書、保舉連坐、初考、覆考等。除外於禮部試後，直接入官，不須再試於吏部。

遼、金、元的選士，仍沿襲前代。至於明、清的選士，要以科舉的考試制度爲主。兩朝制度，相差甚微，今合述之：明太祖洪武三年（西元一三七〇年），始行科舉，六年罷科舉，十七年又恢復，以後三年一次，歷明至清，少有間斷。至光緒三十一年（西元一九〇五年）始罷科舉。其制度略述如下：

一、**童試** 童試由禮部會同學政在各府及直隸州，設置試場，每三年之中，分別舉行一次歲考和一次科考，考試各府州縣學生。歲考的目的，在考取童生的進學和考察已經進學的生員之勤惰。科考的目的，則是次年鄉試的一種預備考試，未經科考的生員，得於鄉試臨時補考，謂之「錄遺」。

二、**鄉試** 鄉試三年一次，逢子午卯酉年（八月）由皇帝選派「主考」，至各省會舉行。中式者爲舉人，第一名爲解元，鄉試中舉，進可考進士，退而可以任州縣推知或教職。

三、**會試** 會試於鄉試之第二年三月在京城由禮部舉行。名額無定，每次依鄉試「中式」人數，由皇帝臨時決定。考中者全部參加殿試。會試第一名俗稱會元。

四、**殿試** 會試發榜（四月十五日）後十一日舉行，五月一日發榜，稱爲「傳臚」，全部中式人員，分爲三甲：一甲三名，二、三甲無定數。一甲稱「賜進士及第」，二甲稱「賜進士出身」，三甲稱「賜同進士出身」。又一甲三名，稱狀元、榜眼、探花。狀元授「翰林院修撰」，榜眼、探花授「翰林院編修」。二三甲以下，經「朝考」後，優者入翰林院「庶常館」爲學，稱「庶吉士」，三年後，再經朝考。二甲授編修，三甲授檢討，其餘不入翰林者則入仕六部「六事」，或即用知縣。

明、淸科學與三級國立學校息息相關，府州縣學，非秀才不得入，絕無例外。國子監、除恩監、廕監、例監等外，非貢生或舉人不得入。翰林院，非進士不得入。明、清科舉，所試命題皆出於四子書及易、詩、書、春秋、禮記。其方法略仿宋經義，體用排偶，通稱謂之制義，俗稱八股。

◆蒙館教育

從以上三節的簡述裡，我們可以知道，傳統的教育在於學制、行政與考試的相關體系裡，事實上是以考試爲主體。以考試爲主的教育，實際上卻藏有箝制社會民間學術思想自由之用心。我們更知道中國傳統教育內容包括社會、家庭、學校，而三者以家庭最重要；又我們也知道中國教育史之演變，私家教育的影響亦遠在公立教育之上；也就是說傳統教育的重心在私家教育。這種教育比較自由，而私家教育又以兒童基礎的蒙館爲最重要。這種蒙館是由民間自由設立，並不在國家的教育系統之內。傳統的教育不出人才教育，而所謂人才教育亦即是官吏教育，讀書與作官分不開。傳統教育以學校養士，以科舉取士，因此政府只重科舉，不重學校，官學與公學多形同虛設，甚至私塾亦以應科舉爲能事。所謂傳統教育幾乎成了科舉教育的別名。當然，科舉之所以能適存於中國，亦有其優點，徐道鄰在「清代考試與任官制度」一文裡曾指出其優點有三：

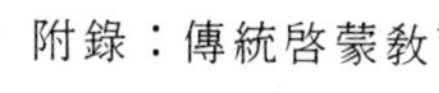

1、科舉之優點，在其為絕對公平的公開競選。

2、是把考試和任用連鎖起來。

3、國家控制了考試就可以不再去控制教育。（見中華文化出版事業委員會版「中國政治思想與制度史論集」，頁6～7）。

申言之，私家教育，不論在學制上、行政制度上或是考試上，雖不能說關係密切，至少可以說關係微妙。我們可以說在中國教育史上，凡新興的有朝氣的學術與教育，皆始於私學；而私學盛行到某一個階段時，它便要求成爲官學，私學一旦成爲官學，官府用它來考試，學術成了功名利祿之途，於是便衰落。而其間蒙館似乎較不受此污染，因此本節擬略述傳統私學的演變，及清代蒙館的概況。

我國私家講學，始自孔子，而後諸子爭鳴，是私家自由講學時期。至漢初，學術之傳授，仍依賴私學。武帝以後，中央與地方官學始興，自此教育中心逐漸移於官學。但每當亂世，國家教育事業則又賴私學；魏、晋以後，官學形同虛設，教育中心遂移至源自東漢以來所形成的世家大族之「家學」，即是所謂的「門第教育」。又當時佛教興盛，許多學者入山門爲僧徒，且兼通經史，爲王室貴族所景仰。在此長時期動盪中，寺院山林的私家講學可謂相當興盛。

唐初，可說仍因承魏、晋以來的舊習。自唐太宗力振官學以後，私家講學稍衰。武后干政後，因崇尚科舉，尤重進士，朝野重文之風形成，而文學不重師承，大規模的私家講學遂告衰微，於是私家講學流爲小規模授徒之形式。至宋代書院講學，可說與先秦諸子蔚爲中國教育上自由講學先後輝映的兩大時期。書院在唐代是藏書的地方，與宮、殿、觀、閣、館同爲房屋名稱，唐代有麗正書院、集賢殿書院，都是藏書而兼校書之地。案書院之名稱所以流行，乃是五代時，印刷術發明，書籍可以大量印行，不必專賴官家，所以私人聚書教授，已屢見不鮮，而書院之名稱亦相率沿用。書院講學自宋開始盛行，宋初有四大書院。

以上所述私家講學，就教育對象而言，是成人教育；至於私家講學的「小學」教育，可說是屬於三不管地帶。以下略述「小學」教育，並以淸代蒙館爲主。

我國歷代均以農立國，因此家庭爲幼童教育的實施場所，兒童被視爲成人社會的附屬品，他們的學前教育僅由家庭中的父母或成人略加管教，而未能有系統的施以適當教育。孔子開私人講學，雖不見幼童入學，但我們仍可從「論語」中找出有關幼童受教育的文獻：

……曰「莫春三月，春服既成，冠者五、六人，童子六、七人，浴乎沂，風乎舞雩，詠而歸。」夫子喟然而嘆曰：「吾與點也！」（「先進篇」）。

又：

子游曰：「子夏之門人小子，當灑掃應對進退則可矣！抑末也，本之則無，如之何？」子夏聞之曰：「噫！言游過矣，君子之道，孰先傳焉？孰後倦焉？譬諸草木，區以別矣！君子之道，焉可誣也？有始有卒者，其惟聖人乎？（「子張篇」）

又：

子曰：弟子入則孝，出則弟，謹而信，汎愛眾而親仁，行有餘力則以學文。（「學而篇」）

又：

子曰：「興於詩，立於禮，成於樂。」（「泰伯篇」）

又：

子夏曰：「賢賢易色，事父母能竭其力，事君能致其身，與朋友交，言而有信，雖曰未學，吾必謂之學矣。（「學而篇」）。

除外，「禮記」對兒童教育亦有詳實的記載：

人生十年曰幼學。（「曲禮」上，世界版「禮記集說」，頁3）。

……子能食食，教以右手；能言，男唯女俞。男鞶革，女鞶絲。六年，教之數與方名。七年，男女不同席，不共食。八年，出入門戶，及即席飲食，必後長者，始教之讓。九年，教之數日。十年，出就外傅，居宿於外，學書計，衣不帛襦袴，禮帥初，朝夕學幼儀，請肄簡諒。十有三年，學樂、誦詩、舞勺、成童、舞象、學射御。二十而冠，始學禮，……女子十年不出，姆教婉聽從，執麻枲，治絲繭，織紝組訓，學女事以共衣服，觀於祭祀，納酒漿，籩豆菹醢，禮相助奠。十年五年而笄，二十而嫁。有故，二十三而嫁。聘則為妻，奔則為妾，凡女拜，尚右手。（「內則篇」，世界版，頁163～164）。

又：

古之教者，家有塾，黨有庠，術有序，國有學。比年入學，中年考校，一年視離經辨志，三年視敬業樂羣，五年視博習親師，七年視論學取友，謂之小成。九年，知類通達，強立而不反，謂之大成。（「學記篇」，世界版，頁199）。

從「禮記」的記載，我們相信古代是很重視兒童教育，而後因爲受學制、行政制度及考試制度的影響，並未能有所普及與發展，但私人講學仍是繼續存在，且是教育的主幹；而所謂兒童教育也祇能寄生在私人講學中，而寄存的方式有：

一、**家學教育**　即由父兄教其子弟，這種方式歷代有之。

二、**私塾**　私塾多半是由教書的人在自宅設立，而向學生收取束脩的；也有由富家獨力延師授課，或由街鄰集資延師開設的。學生多在七、八歲時入學，修業的年限則視各人的需要而定。

三、義學 俗稱義塾，它是專為貧寒子弟實施啓蒙教育的場所。學生年齡多為六歲至十七歲。義學亦有由政府舉辦，或稱為社學，不收束脩。

所謂的兒童教育，不在國家學校系統之內，而正史亦缺少詳實的記載，致為一般研究中國教育史的人所忽略。考我國啓蒙教育的記載，在唐以前並不多見，至宋代，在中央方面有國立小學，但亦僅是點綴而已。至於地方的村塾教育則頗為流行，這從陸游的一首「秋日郊居詩」及其自註裡可見一般。

兒童冬學鬧比鄰，據案愚儒卻自珍。
授罷村書閉門睡，終年不著面看人。

放翁自註：「農家十月乃遣子弟入學，謂之冬學。所讀雜字、百家姓之類，謂之村書。」

明代，在地方教育中的宗學、武學、社學，雖皆屬小學程度的教育，但其中僅社學是為民間幼童十五以下而立，設於鄉鎮。這種小學始於洪武八年（西元一三七五年），到弘治十七年（西元一五〇四年）加以推廣，令天下府州縣治所一律設立，但行之不久又被停廢。又清代亦曾推行「社學」、「義學」，和明代相似，但皆形同虛設。總之，歷代兒童教育皆以民間自辦爲主，以下略述清代的私塾概況如下：

學館，因爲私人所立，又名私館。孔子杏壇設教，自然是最早且是最大的學館，像當時的隱士，如長沮、桀溺諸人，或許亦有講學的場所，而後戰國的孟子、漢朝的馬融、隋唐的王通、宋朝的朱熹、明朝的王守仁等人都是，歷代這種開館講學的大儒，不可勝書。至於「學館」兩字，則首見於「北史・景穆十二王傳」：

(義陽王)置學館於私第，集郡從子弟，晝夜講讀，並給衣食，與諸子同。

(見鼎文版「北史」，冊一，頁631)。

這種集子弟講讀的場所，即是所謂的「族塾」，而這個「館」字也就沿襲下來。到清末還是稱「館」。

學館，亦有稱爲「館」、「塾」、「家塾」、「私塾」、「學」、「書房」、「學堂」等不同名稱，又因成立學館的方式不同，名目也有不一樣。有稱爲「家館」，即是指塾師自己在家中所設立之館，又稱「座館」，因自己坐在家中不動。又有稱「專館」，即指仕宦人家或富戶禮聘教師來家教授子弟，供給食宿。除外又有「散館」，是指農家合請教師，因爲自己沒有太多的子弟，所以大家合起來共請一人教讀。

學館，全國到處都有，倡辦者多屬舉人，貢生、廩生亦偶而有之。學館學生依程度可分爲四等：最初級名爲「開蒙」的學生，是初次入學，講究認方塊字，平常則唸「三字經」、「百家姓」、「千字文」等書。稍高一級，名爲「開讀」的學生，這種學生都是開首讀四書，以上兩稱，都算是小學，教這種館的先生都是童生，偶而也有秀才，這種學塾也叫作「蒙館」，本論文所論的「小學」，即是指此種蒙館而言。

再高一點，便名爲「開講」的學生，以前只是唸，絕對不講，等唸過一兩部書後，先生才爲之講解，這種便算是中學，年齡約在十歲以後。再高就名曰「開筆」的學生，意思是開始作文章，這種便是大學的性質。而所謂的開講、開筆的學生，可說都是爲科舉而讀書。以上兩種，又稱爲「經館」。

每一學塾中，都得有一個聖人的牌位，上寫至聖先師孔子的神位，講究的是木製，大多數都是用紅紙寫一個貼在牆上，請了先生來，燒上香，老師先給聖人叩三個頭，學生再叩三個頭，學生再給老師叩三個頭，便算開了學。

至於每天上課時間，自上午八時至十一時讀生書，謂之「早書」；下午一時至四時習字，讀史（圈點史書），謂之「中書」；四時至六時溫舊書、讀詩，謂之「晚書」。年齡較大學生晚上七點至九時讀古文、讀詩，謂之「燈書」。

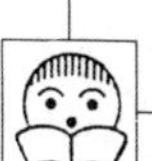

學館可說只有罰沒有獎，尤其是蒙館的小學生，則常常受罰：一是打手板，此名爲戒尺；二是罰跪；三是一人背不會便全不放學，不許吃飯，以便大家恨此一人；四是放了大家，把他一人鎖在塾中，不許回家吃飯；五是罰跪之時，使衆學生在他臉上啐痰。學館的假期，普通只有過年，由臘月二十日放起，至正月二十日止。至放端午、中秋，則祇有城裡放假，鄉間不放；可是鄉間又有特別情形，如遇演戲、廟會，或距離不過三里之村中演戲廟會，則必要放假。尤其是秋收時間更必須放假。（以上有關學館請參閱東大版劉兆璸「清代科舉」頁110～112。聯經版「齊如山全集」，冊九，頁5140－5159）。

劉兆璸先生在「清代科舉」一書裡，曾將學塾課程及教授方法，按先後程序條列說明，試引錄如下，並作爲本文的結束：

一、認字　認約八公分見方小字塊，視學生年齡智慧，每天教數字或十數字。當年無現在之附圖字塊，較難記憶，時加溫習，至認識數百字或千數百字為止。

二、教書　教「三字經」、「百家姓」、「千字文」、「幼學」、「龍文鞭影」、「四書」、「史鑑節要」等書。亦視學生年齡智慧，每次由教師照書口授數句或十數句三、五遍，謂之「上書」，令學生回座，高聲誦讀，以至背熟。

三、背書　利用學童記憶力強，注重背誦。令學生將剛教讀之數句或十數句，背向老師背出，謂之「背書」。然後照前法，再口授，再自讀，再背書，如是待讀完一冊或一本，（如上論一本分上下兩冊）再背整冊或整本，謂之「總冊」或「總本」。

四、溫書　每天下午溫習舊書。每隔十日或若干日再背整冊或整本舊書，務使學生對讀過書籍，皆能熟記背出。

五、講書　初次講書，謂之「開講」。因學生年齡漸大，知識漸開，講書可以了解，故將已熟讀之書，逐句逐段，加以解釋，使明瞭書之內容。有讀完四書、五經開始開講，亦有讀完十三經，始開講，或自家領悟。

六、習字　每日下午練習大小字，由教師批改。

七、讀詩　讀「千家詩」、「唐詩三百首」之類。

八、讀史　圈點「綱鑑易知錄」、「資治通鑑」之類。

九、對字　由教師出數字或一短句，令學生以動字對動字，實字對實字，形容字對形容字，謂之「對對子」，為學做詩之初步。

十、作文　學作八股文，由「起講」學起，以至「成篇」，間亦學作散文。（見三民版，頁111～112）。

◆參考書目

壹

十通分類總纂·七學校類　八、九職官類　鼎文書局

近代中國教育史資料·清末編　多賀秋五郎編著　文海出版社影印

幼稚教育思想之演進　楊敏著　臺北市師專

幼稚教育　王靜珠編著　自印本

幼稚教育資料彙編（上、下）　宋海蘭編　臺北市師專

國民教育　吳鼎編著　正中書局

教育行政　雷國鼎編著　正中書局

近代中國教育史　陳啓天著　臺灣中華書局

中國教育思想史　任時先著　臺灣商務印書館

中國教育史　陳東原著　臺灣商務印書館
中國教育史　余書麟著　師範大學
中國教育史　王鳳喈著　正中書局
中國教育史　陳青之著　臺灣商務印書館
中國教育史　胡美琦著　三民書局
中國書院制度之研究　趙汝福編著　臺中師專
中國教育史研究　楊亮功等著　漢苑出版社
歷代興學選士制度考　黃逸民著　自印本
三國兩晉學校教育與選士制度　楊吉仁編著　正中書局
秦漢魏晉南北朝教育制度　楊承彬著　臺灣商務印書館
北魏漢化教育制度之研究　楊吉仁著　正中書局
歷代職官表　黃本驥編著　國史研究室
中國文官制度史　楊樹藩著　中山學術文化基金會補助出版
中國考試制度史　鄧嗣禹著　學生書局
清代科舉　劉兆璸著　東大圖書公司
清代科舉考試述略　商衍流全著　文海出版社

欽定國子監志　商務印書館影印四庫全書珍本
齊如山全集(册九)　聯經出版社
中國文化談苑　李甲孚著　臺灣中華書局

貳

論先秦私學之教育方針　何心石　教育通訊2卷4期，頁1　40、1、20
論先秦私學之教育方針　何心石　教育通訊2卷6期，頁5　40、2、20
周代教育之特徵　何心石　教育通訊2卷17期，頁10　40、8、5
宋代的學校教育　趙鐵寒　學術季刊3卷3期，頁36　43、12、31
中國宋代之兒童訓導　何心石　教育通訊2卷11期，頁11　40、5、5
中國古代的兒童教育　周紹賢　臺灣教育輔導月刊4卷8期，頁10　43、8、1
官學與私學——先秦、西漢教育制度的研究　李甲孚　青年戰士報　58、6、11
論先秦兩漢之大學教育　宋海屏　民族憲政37卷3期　58、12、5
太學和郡學——東漢教育制度的研究　李甲孚　青年戰士報　58、7、9
漢代教育制度研究　楊承彬　教育與文化389、390期　59、5、30
漢代郡縣與學校制度　嚴耕望　大陸雜誌6卷10期　42、5、31

兩漢私學研究　余書麟　師大學報11期　55、5
魏晋教育制度研究　楊承彬　政大學報第25期
唐代私學的發展　高明士　臺大文史哲學報20期　60、6
五代的教育　高明士　大陸雜誌43卷6期　60、12、15
宋代的州學　趙鐵寒　教育文摘14卷7期　58、7、31
元代教育要略　胡耀輝　學記2期　58、12、5
元代學制概況　朱靜仁　教與學4卷5、6期，頁30～32　60、2、28
我國歷代地方教育的研究　劉詠嫻　教育與文化36卷2、3期，頁10～17　57、2、29
明代學制概況　朱靜仁　教與學4卷4期　59、12、28
中國教育史上之私學與官學　唐君毅　新亞生活雙周刊13卷17期，頁1～4　60、3、8

傳統啓蒙教育鳥瞰

我國新式教育萌芽時期是始自同治元年（西元一八六二年）創設同文館，一直到光緒二十八年（西元一九〇二年）奏定學堂章程公布以前，共計四十年。自光緒二十八年奏定學堂章程公布到辛亥革命，計十年，是爲新式教育建立時期。在此時期中舊式教育被推翻，新式教育制度漸次建立起來。在新式教育的發展過程中，歷受日本、德國、英國、美國的影響；在歐美風雨的衝擊下，我們似乎了解了各國的教育措施，可是卻忘記了自己以往的教育措施。其實，我國自古即重視教育；尤其是歷代私家教學頗爲發達，且其效率更較官學爲大。這種情形，直到新式學校制度產生，私家教育的勢力始漸式微。

1

所謂私家教學，自蒙學至專門精深，都有人設立。因此學塾的程度範圍極廣，自五、六歲啓蒙，以至二十左右讀完了四書、經書，作八股，都可以由學塾去教。孔子杏壇設教，自然是最早且是最大的學館。這種學館的歷史，歷代一直沒有有多大改變，這是我國歷代唯一的基本學校；而私塾教師也是讀書人除作官以外的唯一出路。

學館，全國到處都有，依程度可分爲四等：開蒙、開讀、開講、開筆。前二者稱爲「蒙館」；後二者稱爲「經館」。而私家教育的學館，又以兒童基礎的「蒙館」最爲重要。「開蒙」的學生是初次入學，講究認識方塊字，平常則讀「三字經」、「百家姓」、「千字文」等書。稍高一級，名爲「開讀」的學生，這種學生都是開首讀四書，這種蒙館教育，即是所謂的啓蒙教育。「啓蒙」是我國舊有的用詞，以今日的用詞來說，當是指學前至小學國中階段。這種私家講學的「蒙館」教育，就學校制度、教育行政與考選制度等三方面而言，可說是屬於三不管地帶。

「啓蒙」用詞，或源於「周易」。「蒙卦」：「蒙，亨。匪我求童蒙，童蒙求我。」因童蒙、蒙以養正的概念引申於兒童教育上，則有：朱子「童蒙須知」、王陽明「訓蒙教約」（或作「訓蒙大意」）、陳弘謀「養正遺規」。甚且清光緒二十八年（西元一九〇二年）張白熙奏定壬寅學制，亦有「蒙學堂」，次年張之洞等會訂癸卯學制，也沿襲舊有名詞，有「蒙養院」的名稱。

本文所謂的「蒙館」，或稱「村塾」，這裡的學生，大部分讀完「孝經」、「論語」之後，即不再讀書，而擬從事各種職業；也就是說這種人只想識字、寫字而不應學。一般說來，他們皆以識字、習字、倫理為主。

2

有關於蒙館和啓蒙教材，至目前為止，似乎仍缺乏有系統的整理。其間個人曾企求於當代先進的有關記載與研究，又多語焉不詳。其中以專論而言，首推齊如山的「學館」一文（見六十八年十二月聯經版「齊如山全集」冊九，「中國科名」附錄三）最為詳細。至於傳記，則以胡適「四十自述」較為詳盡。

從胡適的自述裡，可見所謂的啓蒙教材，是因人、因時、因地而有不同。就目前可見中國教育史論著中，亦有多人論及小學教材（如陳東原、任時先、王鳳喈、陳青之、余書麟、胡美琦等），而其中以陳東原所論較爲詳盡。此外，蘇樺先生亦致力於古代兒童讀物的探討，他的文章都發表於「國語日報・兒童文學版」（六十六年二月至七十年七月）。而郭立誠女士編註有「小四書」（七十二年七月號角出版社）、「小兒語」（七十四年二月號角出版社）兩書。除外，亦有人論及古代啓蒙教材，但皆屬於單篇之論述。其間若以體系而言，以拙著「歷代啓蒙教育地位之研究」（見七十一年四月「臺東師專學報」第10期）、「歷代啓蒙教材初探」（見七十二年四月「臺東師專學報」第11期）兩篇較爲可觀。又大陸學者張志公有「傳統語文教育初探」（西元一九六二年十月上海教育出版社）一書，當是彼岸有關傳統啓蒙教育的代表著作。

3

我國歷代啓蒙教材，最早見存於正史「藝文志」小學類；而「永樂大典」目錄卷八十九「蒙」字有「童蒙須知」、「童蒙詩詞」、「蒙訓」等部分，其內容已不存（案「永樂大典」五百四十一卷以前皆佚），是以所謂「童蒙須知」、「童蒙詩詞」等到底如何，未得而知。至「四庫全書」時，始將啓蒙教材歸屬於儒家、類書等類。「四庫全書總目提要」卷四十、經部四十、小學類一：

古小學所教不過六書之類，故「漢志」以「弟子職」附「孝經」；而「史籀」等十家四十五篇，列為小學。「隋志」增以金石刻文，「唐志」增以書法書品，已非初旨。自朱子作「小學」以配「大學」，趙希弁「讀書附志」，遂以「弟子賦」之類，併入小學；又以蒙求之類，相參並列，而小學益多歧矣。考訂源流，惟「漢志」根據經義，要為近古。今論幼儀者，則入儒家；以論筆法者，別入雜藝；以蒙求之屬隸故事，以便記誦者，別入類書。惟以「爾雅」以下編為訓詁，「說文」以下編為字書，「廣韻」以下編為韻書，庶體例謹嚴，不失古義。其有兼舉兩家者，則以所重為主（如李燾「說文五音韻譜」、「實字書」；袁子讓「字學元元」、「實論等韻」之類），悉條其得失，具於本篇。（見商務版「四庫全書總目提要」，冊一，頁832）

而近代圖書分類皆歸之於啓蒙類，如：「書目答問補正」（附一、別錄）有童蒙幼學各書、「國立中央圖書館善本書目」（五十六年十二月增訂本）有啓蒙之屬、「百部叢書集成分類目錄」卷三子部儒學禮教之屬有「蒙學目」。

綜觀目前可見啓蒙教材，要皆以識字、習字、倫理爲主。因此傳統的啓蒙教材可分爲三類：

一爲字書。其源流當是「漢書．藝文志」所列的小學書。小學書凡十家四十五篇，傳到今日卻只存史游的「急就篇」。而「急就篇」之所以能碩果僅存，傳流不絕，並非由於它的內容，也不是因爲它是字書，而是因爲後世喜愛它的書法神妙，將它和米芾「十七帖」、王羲之「蘭亭序」等同等對待，當作草書的法帖，才被保留下來，成爲字書的瑰寶，而得以窺知秦、漢字書的體例。

其後，梁時周興嗣的「千字文」，是繼「小學書」而後流行的學童啓蒙教材，在唐代即已盛行。以後的「百家姓」和各種「雜字」皆屬此類。「千字文」自唐以後是兒童必備的讀本。據謝啓昆「小學考」所載（見藝文版，頁255～256），在周氏以後注解、仿作、改作的本子相當多。

第二類是蒙求。「蒙求」是盛唐李瀚所撰。現存本共六百二十一句，每句四字，計有二千四百八十四字。「蒙求」一書兩句一韻，句法整齊，編採的都是歷史人物的事蹟。

第三類是格言。或始於「太公家教」。「太公家教」是屬於家訓文學，家訓是治家立身之言，用以垂訓子孫的，以後有「神童詩」、「增廣賢文」等。

此外，詩選亦頗爲流行。其間最有名者，首推蘅塘退士的「唐詩三百首」。蘅塘退士，眞名是孫洙，江南常州府金匱縣人（今江蘇省無錫縣），生於清康熙年間，乾隆十六年（西元一七五一年）賜進士出身二甲第七十名。乾隆二十八年（西元一七六三年）春，與妻子徐蘭英互相商榷，編成「唐詩三百首」。「唐詩三百首」共選三百十首，原刻本已不得見。編者原意乃爲家塾讀本，而今卻凌駕在古今唐詩選本之上，就啓蒙教材而言，這是惟一的變數。

4

宋朝以後，受理學家的影響，無論在教材或教法方面都有了變化，但仍然是以識字、習字、倫理爲主。

宋、元時代，對於兒童啓蒙教育可說是極爲重視；在中國教育史占有重要地位，且專家、學者輩出，其間要以朱子最爲有名。

朱子之前有小學教育之實，而無小學之名。自「小學」一書出現，始確立小學教育的地位。考「小學」一書的編纂類例，皆由朱子親自決奪；而采摭之功，則以劉子澄爲多。朱子以前，小學僅散見於經、傳、記而未成書；自朱子編輯「小學」，兒童啓蒙教育始有專門論著，是以朱子可說是我國第一位眞正的兒童教育家。他除編輯「小學」作爲小學教材之外，又撰有「童蒙須知」，並訂「曹大家女戒」、「溫公家範」爲教育女

子之書。

朱子以後，即有人爲「小學」作註，其中以淸人張伯行集解最爲詳盡。並有人擬小學篇體裁著書。其後，最足以爲理學家之主張代表者，當推程端禮的「程氏家塾讀書分年日程」一書。

明、淸兩代，兒童啓蒙教育較前發達，而王陽明對於兒童啓蒙教育的理論，發揮至爲詳盡，可說是朱子之後的巨擘。其中「訓蒙大意示教讀劉伯頌等」一文最能代表他的啓蒙教育理論，而呂得勝撰有「小兒語」，他的兒子呂坤撰「續小兒語」、「演小兒語」，都是專爲兒童編的格言詩；大概是受了王陽明的影響。至於淸朝陳宏謀輯有「五種遺規」，第一種即是「養正遺規」，是我國啓蒙教育的重要文獻，更是朱子理學系統啓蒙教育的文獻彙編。

然而，朱子系統的小學啓蒙教材，似乎僅流行於學者之間，而不爲一般塾師所接受。雖然歷代的藝文志、經籍志，或是私家的書目著作，或多或少都收有啓蒙教材，但我們卻發現這些登堂入室的書目只是見存而已，或許有幸收錄於「四庫全書」裡；事實上並不爲民間塾師所採用，而民間所採用的，除「三、百、千」（即「三字經」、「百家姓」、「千字文」）之外，要皆作者不詳。由此可知，登堂入室的啓蒙書目，是代表著知識分子的一種教育理想；事實上這種理想的教材，一直未能在民間流行。

5

流行於民間的啓蒙教材，由於未能登堂入室於歷代各種書目，更因爲我國幅員遼闊，再加上各地塾師水準不一，有時又別出心裁，於是所用教材因人而異，是以所謂民間啓蒙教材，實在多不勝數。而目前見存者，自是其中較爲流行的。

其實所謂的童蒙書，亦祇不過是個人或書坊的選本而已；一般流行於村塾的啓蒙書，大部分皆屬不知名人士所撰，是以推究起來，頗多困難。清末民初流行的啓蒙書，到今日有許多書好像中了瘟疫般突然消失；前一陣子似乎又有復見的趨勢，甚且有人鼓吹，可是卻無濟於已逝的事實。

總之，收集或研究啓蒙教材，並非戀舊，亦非意圖復古；今日我們不可能要小學生去讀「三字經」、「千字文」，社會結構已變，時代變遷快速，教材改變也大。傳統的啓蒙教材（不論民間教材或學者編寫者）雖然已不合今日兒童閱讀；然而這是我國昔日的啓蒙教材，也可以說是我們的傳統，若我們棄之而不顧，則不通古者何能變今？徒知彼而不知己，則只是削足適履而已。我們知道，歷代啓蒙教材，要皆出之於文人手筆；且不論其內容與難易度，至少他們都是以韻文寫作，叶韻易讀，就詩教而言，是深且遠，或許能作爲我們今日的借鏡。

——摘錄自79年9月「國文天地」六卷四期，頁12～15

關於「蒙求」？

問 我們在檢索歷代圖書目錄時，常發現古代兒童啓蒙讀物以「蒙求」命名，如晁公武「郡齋讀書志」有「左氏蒙求」；「宋志」有洪邁寫的「次李翰蒙求」、吳逢道寫的「六言蒙求」，請問「蒙求」應如何解釋？（新竹讀者，陳朝陽）

答 「蒙求」原是一本古代的兒童啓蒙書。現存本共六二一句，每句四字，全文計二四八四字。編採的都是歷史人物的事蹟。但一般人都以爲「蒙求」是後晋李瀚（或作翰）所撰，這是誤引「四庫全書總目提要」的資料（見卷二十六、子部・類書類）沿訛襲謬。其實陳振孫已題爲唐李瀚撰。「直齋書錄解題」卷十四：

> 唐李瀚撰「蒙求」三卷，本無義例，信手肆意，雜襲成章，取其韻語易於訓誦而已，遂至舉世誦之，以為小學發蒙之首，事有甚不可曉者。余家諸子在褓，未嘗令誦此也。（商務人人文庫本，中冊，頁404）

李瀚生平事蹟不詳，當是盛唐時代的人。蘇樺先生於「敦煌石窟的兩種兒童讀物」一文裡（見七十年七月十九日「國語日報」兒童文學周刊第480期），認爲「蒙求」至晚完成於天寶五年（西元七四六年）。

「蒙求」的書名，當源於「易經・蒙卦」，其卦辭：「蒙，亨。匪我求童蒙，童蒙求我。初筮告，再三瀆，瀆則不告。利貞。」「象」辭：「蒙以養正，聖功也。」又「序卦」云：「物生必蒙，故受之以蒙。蒙者物之穉也。」「經典釋文」卷二「周易音義」：「蒙，莫公反。蒙，蒙也，稚也。稽覽圖云：無以教天下曰蒙。方言云：蒙，萌。」（見鼎文版，頁20）。又「左傳・僖公九年」：「春，宋桓公卒，未葬，而襄公會諸侯。故曰：子凡在喪，王曰小童，公侯曰子。」杜預注云：「小童者，蒙童幼末之稱。」（見藝文版「十三經注疏」本，頁218）

「蒙求」盛行於唐、宋、元、明時代，且開創了「蒙求」之體。就書名而言，後代就出現了很多各式各樣的「蒙求書」，如「左氏蒙求」、「兩漢蒙求」、「文字蒙求」等，即指明該書是屬於兒童讀本。又就內容而言，後代的「三字經」、「龍文鞭影」、「幼學瓊林」等書，都是取材於「蒙求」，尤其是「龍文鞭影」一書，簡直就是「蒙求」的翻版。又蘇樺先生有「蒙求新編」的選述，亦即演繹「蒙求」每句四字爲故事一篇。宋朝徐子光就李氏原書加以注釋。清朝張海鵬「學津討原」收錄有徐子光「蒙求集註」。又王灝輯「畿輔叢書」、「全唐詩」卷八百八十一亦收有「蒙求」原文。至於敦煌鈔本，編號爲伯二七一〇、五五二二。

——摘錄自「國文天地」七十九年九月號

後記

本書原是東師語教系語文叢書之七，當時印製有限，且未在坊間出售。今由萬卷樓圖書公司正式出版。趁此正式出版之際，除校對與修訂外，並略加補述一、二。

原書自序曾引述胡適有關「神童詩」中「人心曲曲灣灣水，世事重重疊疊山」等詩句。經竹師院張成秋教授賜示大作「《神童詩》的源起、全貌與傳佈」一文，始得知胡適所引詩句實見於「羅狀元醒世詩」。個人除耑此致謝外，並略述如下，以見以文會友之誼。張教授大作是「中國民間文學學術研討會」研討論文之一（時間八十四年十二月十六～十七日，地點高雄澄清湖，主辦單位高師大國文系所）。全文見高師大國文系編印「中國民間文學學術研討會論文集」，頁84～98（八十五年一月出版）「羅狀元醒世詩」是由二十首七律所合成，合計一千一百二十字，其中第七首：

有有無無且耐煩，勞勞碌碌幾時間？

人心曲曲彎彎水，世事重重疊疊山。
古古今今多變改，貧貧富富有循環。
將將就就隨時過，苦苦甜甜命一般。

羅狀元名洪元，字達夫。生於明代嘉靖年間，（一說嘉靖八年中狀元），江西省吉水縣人。出家後法號念庵。目前所見「羅狀元醒世詩」，是屬於民間流傳的善書。

大陸學者張志公先生六十年代有「傳統語文教育初探」之作。二十八年後，對「初探」進行大幅度的修訂，且易名爲「傳統語文教育教材論——暨蒙學書目和書影」，並於一九九二年十二月由上海教育出版社印行，全書計有288頁。張志公先生是學外國語文出身的人，對於傳統語文教育的研究可說是對於建立我們自己語文教學體系這一客觀要求的回應；而「傳統語文教育教材論」的修訂與出版，則表現了他强烈的歷史感與使命感。又書中附錄二「試談《新編對相四言》的來龍去脈」，更是一篇言之鑿鑿的考證文章。

行文至此，擧頭看見書架上大陸地區的各種蒙學輯本，台灣地區的蒙學似乎亦已到了必須收集與整理的時刻，從事語文教育者能無勉乎！

一九九六年六月于東師

國家圖書館出版品預行編目資料

歷代啓蒙教材初探／林文寶著. --初版. --臺
臺北市：萬卷樓發行；三民總經銷，民 85
冊；　公分
參考書目：面
ISBN 957-739-148-6(平裝)

1. 蒙求書

802.81　　85004291

歷代啓蒙教材初探

著　　者：林文寶
發 行 人：許錟輝
總 編 輯：許錟輝
責任編輯：李冀燕
發 行 所：萬卷樓圖書有限公司
台北市和平東路一段67號14樓之1
電話(02)3216565・3952992
FAX(02)3944113
劃撥帳號15624015
總 經 銷：三民書局股份有限公司
台北市復興北路386號
訂書專線(02)5006600（代表號）
FAX(02)5164000・5084000
承印廠商：晟齊實業有限公司
定　　價：250元
出版日期：民國86年4月初版
出版登記證：新聞局局版臺業字第伍陸伍伍號

ISBN 957-739-148-6